U0840496

〔漢〕鄭玄 箋

詩經

第四册

中華書局

爲饎。饎，酒食也。成王來止，謂出觀農事也。親與后、世子行，使知稼穡之艱難也。爲農人之在南畝者，設饋以勸之。司嗇至，則又加之以酒食，饟其左右從行者。成王親爲嘗其饋之美否，示親之也。**禾易長畝，終善且有。**易，治也。長畝，竟畝也。**曾孫不怒，農夫克敏。**敏，疾也。箋云：禾治而竟畝，成王則無所責怒，謂此農夫能且敏也。

曾孫之稼，如茨如梁。曾孫之庾，如坻如京。茨，積也。梁，車梁也。京，高丘也。箋云：稼，禾也，謂有藁者也。茨，屋蓋也。上古之稅法，近者納總，遠者納粟米。庾，露積穀也。坻，水中之高地也。**乃求千斯倉，乃求萬斯箱。**箋云：成王見禾穀之稅，委積之多，於是求千倉以處之，萬車以載之，是言年豐收入踰前也。**黍稷稻粱，農夫之慶。報以介福，萬壽無疆。**箋云：慶，賜也。年豐則勞賜，農夫益厚，既有黍稷，加以稻粱。報者爲之求福，助於八蜡之神，萬壽無疆竟也。

《甫田》四章，章十句。

大田

《大田》，刺幽王也。言矜寡不能自存焉。幽王之時，政煩賦重，而不務農事，蟲災害穀，風雨不時，萬民饑饉，矜寡無所取活，故時臣思古以刺之。

大田多稼，既種既戒，既備乃事。箋云：大田，謂地肥美，可墾耕，多爲稼，可以授民者也。將稼者，必先相地之宜，而擇其種。季冬，命民出五種，計耦耕事，脩耒耜，具田器，此之謂戒，是既備矣。至孟春，土長冒橛，陳根可拔，而事之。**以我覃耜，俶載南畝。**覃，利也。箋云：俶讀爲熾。載讀爲菑栗之菑。時至，民以其利耜熾菑發所受之地，趨農急也。田一歲曰菑。**播厥百穀，既庭且碩，曾孫是若。**庭，直也。箋云：碩，大。若，順也。民既熾菑，則種其衆穀。衆穀生，盡條直茂大。成王於是則止力役以順民事，不奪其時。

既方既皁，既堅既好，不稂不莠。實未堅者曰皁。稂，童梁也。莠，似苗也。箋云：方，房也，謂孚甲始生而未合時也。盡生房矣，盡成實矣，盡堅熟矣，盡齊好矣，而無稂莠，擇種之善，民力之專，時氣之和所致之。**去其螟螣，及其蟊賊，無害我田穉。**食

心曰螟，食葉曰螣，食根曰蟊，食節曰賊。箋云：此四蟲者，恒害我田中之稺禾，故明君以正己而去之。田祖有神，秉畀炎火。炎火，盛陽也。箋云：螟螣之屬，盛陽氣嬴則生之。今明君爲政，田祖之神不受此害，持之付與炎火，使自消亡。

有渰萋萋，興雨祁祁，雨我公田，遂及我私。渰，云興貌。萋萋，云行貌。祁祁，徐也。箋云：古者陰陽和，風雨時，其來祁祁然而不暴疾。其民之心，先公後私，今天主雨於公田，因及私田爾。此言民怙君德，蒙其餘惠。彼有不穫穉，此有不斂穧；彼有遺秉，此有滯穗，伊寡婦之利。秉，把也。箋云：成王之時，百穀既多，種同齊熟，收刈促遽，力皆不足，而有不獲不斂，遺秉滯穗，故聽矜寡取之以爲利。

曾孫來止，以其婦子，饁彼南畝，田畯至喜。箋云：喜讀爲饎。饎，酒食也。成王出觀農事，饋食耕者，以勸之也。司嗇至，則又加之以酒食勞倦之爾。來方禋祀，以其騂黑，與其黍稷。以享以祀，以介景福。騂，牛也。黑，羊、豕也。箋云：成王之來，則又禋祀四方之神，祈報焉。陽祀用騂牲，陰祀用黝牲。

《大田》四章，二章章八句，二章章九句。

瞻彼洛矣

《瞻彼洛矣》，刺幽王也。思古明王，能爵命諸侯，賞善罰惡焉。

瞻彼洛矣，維水泱泱。興也。洛，宗周溉浸水也。泱泱，深廣貌。箋云：瞻，視也。我視彼洛水，灌溉以時，其澤浸潤，以成嘉穀。興者，喻古明王恩澤加於天下，爵命賞賜，以成賢者。君子至止，福祿如茨。箋云：君子至止者，謂來受爵命者也。爵命爲福，賞賜爲祿。茨，屋蓋也。如屋蓋，喻多也。韎韐有奭，以作六師。韎韐者，茅蒐染草也。一曰韎韐所以代韠也。天子六軍。箋云：此諸侯世子也。除三年之喪，服士服而來，未遇爵命之時，時有征伐之事。天子以其賢，任爲軍將，使代卿士將六軍而出。韎韐，茅蒐染也。茅蒐，韎韐聲也。韎韐，祭服之韠，合韋爲之。其服爵弁服，紂衣纁裳也。

瞻彼洛矣，維水泱泱。君子至止，鞞琫有珌。鞞，容刀鞞也。琫，上飾。珌，

下飾也。天子玉琫而珧珌，諸侯璗琫而璆珌，大夫鐐琫而鏐珌，士珕而珕珌。箋云：此人世子之賢者也，既受爵命賞賜，而加賜容刀有飾，顯其能制斷。**君子萬年，保其家室。**箋云：德如是，則能長安，其家室親。家室親，安之尤難，安則無篡殺之禍也。

瞻彼洛矣，維水泱泱。君子至止，福禄既同。箋云：此人世子之能繼世位者也。其爵命賞賜，盡與其先君受命者同而已，無所加也。**君子萬年，保其家邦。**

《瞻彼洛矣》三章，章六句。

裳裳者華

《裳裳者華》，刺幽王也。古之仕者世禄。小人在位，則讒諂並進，棄賢者之類，絶功臣之世焉。古者，古昔明王時也。小人，斥今幽王也。

裳裳者華，其葉湑兮。興也。裳裳，猶堂堂也。湑，盛貌。箋云：興者，華堂堂於上，喻君也。葉湑然於下，喻臣也。明王賢臣，以德相承而治道興，則讒諂遠矣。**我覯之子，**

我心寫兮。我心寫兮，是以有譽處兮。箋云：覯，見也。之子，是子也，謂古之明王也。言我得見古之明王，則我心所憂寫而去矣。我心所憂既寫，是則君臣相與，聲譽常處也。憂者，憂讒諂並進。

裳裳者華，芸其黄矣。芸，黄盛也。箋云：華芸然而黄，興明王德之盛也。不言葉，微見無賢臣也。**我覯之子，維其有章矣。維其有章矣，是以有慶矣。**箋云：章，禮文也。言我得見古之明王，雖無賢臣，猶能使其政有禮文法度。政有禮文法度，是則我有慶賜之榮也。

裳裳者華，或黄或白。箋云：華或有黄者，或有白者，興明王之德，時有駁而不純。**我覯之子，乘其四駱。乘其四駱，六轡沃若。**言世禄也。箋云：我得見明王德之駁者，雖無慶譽，猶能免於讒諂之害，守我先人之禄位，乘其四駱之馬，六轡沃若然。

左之左之，君子宜之。右之右之，君子有之。左，陽道，朝祀之事。右，陰道，喪戎之事。箋云：君子，斥其先人也。多才多藝，有禮於朝，有功於國。**維其有之，**

是以似之。似，嗣也。箋云：維我先人有是二德，故先王使之世禄，子孫嗣之。今遇讒諂並進，而見棄絶。

《裳裳者華》四章，章六句。

桑扈

《桑扈》，刺幽王也。君臣上下，動無禮文焉。動無禮文，舉事而不用先王禮法威儀也。

交交桑扈，有鶯其羽。興也。鶯然有文章。箋云：交交，猶佼佼，飛往來貌。桑扈，竊脂也。興者，竊脂飛而往來有文章，人觀視而愛之。喻君臣以禮法威儀升降於朝廷，則天下亦觀視而仰樂之。君子樂胥，受天之祜。胥，皆也。箋云：胥，有才知之名。祜，福也。王者樂臣下有才知文章，則賢人在位，庶官不曠，政和而民安，天予之以福禄。

交交桑扈，有鶯其領。領，頸也。君子樂胥，萬邦之屏。屏，蔽也。箋云：

王者之德，樂賢知在位，則能爲天下蔽扞四表患難矣。蔽扞之者，謂蠻夷率服，不侵畔。

之屏之翰，百辟爲憲。翰，幹。憲，法也。箋云：辟，君也。王者之德，外能蔽扞四表之患難，内能立功立事爲之楨幹，則百辟卿士，莫不脩職而法象之。不戢不難，受福不那。戢，聚也。不戢，戢也。不難，難也。那，多也。不多，多也。箋云：王者位至尊，天所子也。然而不自斂以先王之法，不自難以亡國之戒，則其受福禄亦不多也。

兕觵其觩，旨酒思柔。箋云：兕觵，罰爵也。古之王者與羣臣燕飲，上下無失禮者，其罰爵徒觩然陳設而已。其飲美酒，思得柔順中和，與共其樂，言不憮敖自淫恣也。彼交匪敖，萬福來求。箋云：彼，彼賢者也。賢者居處恭，執事敬，與人交必以禮，則萬福之禄就而求之，謂登用爵命，加以慶賜。

《桑扈》四章，章四句。

鴛鴦

《鴛鴦》，刺幽王也。思古明王交於萬物有道，自奉養有節焉。交於萬物有道，謂順其性，取之以時，不暴夭也。

鴛鴦于飛，畢之羅之。興也。鴛鴦，匹鳥。太平之時，交於萬物有道，取之以時，於其飛，乃畢掩而羅之。箋云：匹鳥，言其止則相耦，飛則爲雙，性馴耦也。此交萬物之實也。而言興者，廣其義也。獺祭魚而後漁，豺祭獸而後田，此亦皆其將縱散時也。君子萬年，福禄宜之。箋云：君子，謂明王也。交於萬物，其德如是，則宜壽考，受福禄也。

鴛鴦在梁，戢其左翼。言休息也。箋云：梁，石絶水之梁。戢，斂也。鴛鴦休息於梁，明王之時，人不驚駭，斂其左翼，以右翼掩之，自若無恐懼。君子萬年，宜其遐福。箋云：遐，遠也。遠猶久也。

乘馬在廄，摧之秣之。摧，莝也。秣，粟也。箋云：摧，今莝字也。古者明王所乘之馬繫於廄，無事則委之以莝，有事乃予之穀，言愛國用也。以興於其身亦猶然，齊而後三舉，設盛饌，恒日則減焉，此之謂有節也。君子萬年，福禄艾之。艾，養也。箋云：明王愛國用，自奉養之節如此，故宜久爲福禄所養也。

乘馬在廄，秣之摧之。君子萬年，福禄綏之。箋云：綏，安也。

《鴛鴦》四章，章四句。

頍弁

《頍弁》，諸公刺幽王也。暴戾無親，不能宴樂同姓，親睦九族，孤危將亡，故作是詩也。戾，虐也。暴虐，謂其政教如雨雪也。

有頍者弁，實維伊何？興也。頍，弁貌。弁，皮弁也。箋云：實，猶是也。言幽王服是皮弁之冠，是維何爲乎？言其宜以宴而弗爲也。禮，天子諸侯朝服以宴天子之朝，皮弁以日視朝。爾酒既旨，爾殽既嘉，箋云：旨、嘉，皆美也。女酒已美矣，女殽已美矣，何以不用與族人宴也？言其知具其禮而弗爲也。豈伊異人？兄弟匪他。箋云：此言王當所與宴者，豈有異人疏遠者乎？皆兄弟與王。無他，言至親。又刺其弗爲也。蔦與女蘿，

施于松柏。蔦，寄生也。女蘿，菟絲、松蘿也。喻諸公非自有尊，託王之尊。箋云：託王之尊者，王明則榮，王衰則微。刺王不親九族，孤特自恃，不知己之將危亡也。未見君子，憂心奕奕。既見君子，庶幾説懌。奕奕然無所薄也。箋云：君子，斥幽王也。幽王久不與諸公宴，諸公未得見幽王之時，懼其將危亡，己無所依怙，故憂而心奕奕然。故言我若已得見幽王諫正之，則庶幾其變改，意解懌也。

有頍者弁，實維何期？箋云：何期，猶伊何也。期，辭也。爾酒既旨，爾殽既時。時，善也。豈伊異人？兄弟具來。箋云：具，猶皆也。蔦與女蘿，施于松上。未見君子，憂心怲怲。既見君子，庶幾有臧。怲怲，憂盛滿也。臧，善也。

有頍者弁，實維在首。爾酒既旨，爾殽既阜。豈伊異人？兄弟甥舅。箋云：阜，猶多也。謂吾舅者，吾謂之甥。如彼雨雪，先集維霰。霰，暴雪也。箋云：將大雨雪，始必微温。雪自上下，遇温氣而摶，謂之霰，久而寒勝，則大雪矣。喻幽

王之不親九族亦有漸，自微至甚，如先霰後大雪。死喪無日，無幾相見。樂酒今夕，君子維宴。箋云：王政既衰，我無所依怙，死亡無有日數，能復幾何與王相見也？且今夕喜樂此酒，此乃王之宴禮也。刺幽王將喪亡，哀之也。

《頍弁》三章，章十二句。

車舝

《車舝》，大夫刺幽王也。褒姒嫉妬，無道並進，讒巧敗國，德澤不加於民。周人思得賢女以配君子，故作是詩也。

間關車之舝兮，思孌季女逝兮。興也。間關，設舝也。孌，美貌。季女，謂有齊季女也。箋云：逝，往也。大夫嫉褒姒之爲惡，故嚴車設其舝，思得孌然美好之少女有齊莊之德者，往迎之，以配幽王，代褒姒也。既幼而美，又齊莊，庶其當王意。匪飢匪渴，德音來括。括，會也。箋云：時讒巧敗國，下民離散，故大夫汲汲欲迎季女，行道雖飢不飢，雖渴

不渴，覯得之而來，使我王更脩德教，合會離散之人。雖無好友，式燕且喜。箋云：式，用也。我得德音而來，雖無同好之賢友，我猶用是燕飲相慶且喜。

依彼平林，有集維鷮。辰彼碩女，令德來教。依，茂木貌。平林，林木之在平地者也。鷮，雉也。辰，時也。箋云：平林之木茂，則耿介之鳥往集焉。喻王若有茂美之德，則其時賢女來配之，與相訓告，改脩德教。式燕且譽，好爾無射。箋云：爾，女。女，王也。射，厭也。我於碩女來教，則用是燕飲酒，且稱王之聲譽。我愛好王無有厭也。

雖無旨酒，式飲庶幾。雖無嘉殽，式食庶幾。雖無德與女，式歌且舞。箋云：諸大夫覯得賢女以配王，於是酒雖不美猶用之燕飲，殽雖不美猶食之。人皆庶幾於王之變改，得輔佐之，雖無其德，我與女用是歌舞相樂，喜之至也。

陟彼高岡，析其柞薪。析其柞薪，其葉湑兮。箋云：陟，登也。登高岡者，必析其木以爲薪。析其木以爲薪者，爲其葉茂盛，蔽岡之高也。此喻賢女得在王后之位，則必辟除嫉妒之女，亦爲其蔽君之明。鮮我覯爾，我心寫兮。箋云：鮮，善。覯，見也。善乎我得見女如是，則我心中之憂除去也。

高山仰止，景行行止。四牡騑騑，六轡如琴。景，大也。箋云：景，明也。諸大夫以爲賢女既進，則王亦庶幾古人有高德者則慕仰之，有明行者則而行之。其御羣臣，使之有禮，如御四馬騑騑然。持其教令，使之調均，亦如六轡緩急有和也。覯爾新昏，以慰我心。慰，安也。箋云：我得見女之新昏如是，則以慰除我心之憂也。新昏，謂季女也。

《車舝》五章，章六句。

青蠅

《青蠅》，大夫刺幽王也。

營營青蠅，止於樊。興也。營營，往來貌。樊，藩也。箋云：興者，蠅之爲蟲，汙白使黑，汙黑使白，喻佞人變亂善惡也。言止于藩，欲外之，令遠物也。豈弟君子，無信讒言。箋云：豈弟，樂易也。

營營青蠅，止于棘。讒人罔極，交亂四國。箋云：極，猶已也。

營營青蠅，止于榛。榛，所爲藩也。**讒人罔極，構我二人。**箋云：構，合也。合，猶交亂也。

《青蠅》三章，章四句。

賓之初筵

《賓之初筵》，衛武公刺時也。幽王荒廢，媟近小人，飲酒無度，天下化之，君臣上下沈湎淫液。武公既入，而作是詩也。淫液者，飲酒時情態也。武公入者，入爲王卿士。

賓之初筵，左右秩秩。秩秩然肅敬也。箋云：筵，席也。左右，謂折旋揖讓也。秩秩，知也。先王將祭，必射以擇士。大射之禮，賓初入門，登堂即席，其趨翔威儀甚審知，言不失禮也。射禮有三：有大射，有賓射，有燕射。**籩豆有楚，殽核維旅。**楚，列貌。殽，豆實也。核，加籩也。旅，陳也。箋云：豆實，菹醢也。籩實，有桃梅之屬。凡非穀而食之曰殽。

酒既和旨，飲酒孔偕。箋云：和旨，猶調美也。孔，甚也。王之酒已調美，衆賓之飲酒又威儀齊一，言主人敬其事，而衆賓肅慎。**鍾鼓既設，舉醻逸逸。**逸逸，往來次序也。箋云：鍾鼓於是言既設者，將射改縣也。**大侯既抗，弓矢斯張。**大侯，君侯也。抗，舉也。有燕射之禮。箋云：舉者，舉鵠而棲之於侯也。《周禮·梓人》「張皮侯而棲鵠」。天子諸侯之射，皆張三侯，故君侯謂之大侯。大侯張而弓矢亦張，節也。將祭而射，謂之大射。下章言「烝衎烈祖」，其非祭與？**射夫既同，獻爾發功。**箋云：射夫，衆射者也。獻，猶奏也。既比衆耦，乃誘射，射者乃登射，各奏其發矢中的之功。**發彼有的，以祈爾爵。**的，質也。祈，求也。箋云：發，發矢也。射者與其耦拾發。發矢之時，各心競云：「我以此求爵女。」爵，射爵也。射之禮，勝者飲不勝，所以養病也，故《論語》曰：「下而飲，其爭也君子。」

籥舞笙鼓，樂既和奏。烝衎烈祖，以洽百禮。秉籥而舞，與笙鼓相應。箋云：籥，管也。殷人先求諸陽，故祭祀先奏樂，滌蕩其聲也。烝，進。衎，樂。烈，美。洽，合也。

奏樂和，必進樂其先祖，於是又合見天下諸侯所獻之禮。**百禮既至，有壬有林。**壬，大。林，君也。箋云：壬，任也，謂卿大夫也。諸侯所獻之禮既陳於庭，有卿大夫，又有國君，言天下徧至，得萬國之歡心。**錫爾純嘏，子孫其湛。**嘏，大也。箋云：純，大也。嘏，謂尸與主人以福也。湛，樂也。王受神之福於尸，則王之子孫皆喜樂也。**其湛曰樂，各奏爾能。賓載手仇，室人入又。**手，取也。室人，主人也。主人請射於賓，賓許諾，自取其匹而射。主人亦入于次，又射以耦賓也。箋云：子孫各奏爾能者，謂既湛之後，各酌獻尸，尸酢而卒爵也。士之祭禮，上嗣舉奠，因而酌尸。天子則有子孫獻尸之禮。《文王世子》曰：「其登餕獻受爵則以上嗣。」是也。仇讀曰𠨴。室人，有室中之事者，謂佐食也。又，復也。賓手挹酒，室人復酌爲加爵。**酌彼康爵，以奏爾時。**酒所以安體也。時，中者也。箋云：康，虛也。時，謂心所尊者也。加爵之間，賓與兄弟交錯相醻。卒爵者酌之以其所尊，亦交錯而已，又無次也。

賓之初筵，温温其恭。箋云：此復言初筵者，既祭，王與族人燕之筵也。王與族人燕，以異姓爲賓。温温，柔和也。**其未醉止，威儀反反。曰既醉止，威儀幡幡。舍其坐遷，屢舞僊僊。**反反，言重慎也。幡幡，失威儀也。遷，徙。屢，數也。僊僊然。箋云：此言賓初即筵之時，能自勑戒以禮。至於旅酬，而小人之態出。言王既不得君子以爲賓，又不得有恆之人，所以敗亂天下率如此也。**其未醉止，威儀抑抑。曰既醉止，威儀怭怭。是曰既醉，不知其秩。**抑抑，慎密也。怭怭，媟嫚也。秩，常也。

賓既醉止，載號載呶。亂我籩豆，屢舞僛僛。是曰既醉，不知其郵。側弁之俄，屢舞傞傞。號、呶，號呼、讙呶也。僛僛，舞不能自正也。傞傞，不止也。箋云：郵，過。側，傾也。俄，傾貌。此更言賓既醉而異章者，著爲無筭爵以後也。**既醉而出，並受其福。醉而不出，是謂伐德。飲酒孔嘉，維其令儀。**箋云：出，猶去也。孔，甚。令，善也。賓醉則出，與主人俱有美譽。醉至若此，是誅伐其德也。飲酒而誠得嘉賓，則於禮有善威儀。武公見王之失禮，故以此言箴之。

凡此飲酒，或醉或否。既立之監，或佐之史。彼醉不臧，不醉反恥。立酒之監，佐酒之史。箋云：「凡此」者，凡此時天下之人也。飲酒於有醉者，有不醉者，則立監

使視之，又助以史，使督酒，欲令皆醉也。彼醉則已不善，人所非惡，反復取未醉者恥罰之。言此者，疾之也。**式勿從謂，無俾大怠。匪言勿言，匪由勿語。**箋云：式讀曰憲。勿，猶無也。俾，使。由，從也。武公見時人多説醉者之狀，或以取怨致讎，故爲設禁。醉者有過惡，女無就而謂之也，當防護之，無使顛仆至於怠慢也。其所陳説，非所當説，無爲人説之也，亦無從而行之也，亦無以語人也，皆爲其聞之將恚怒也。**由醉之言，俾出童羖。**羖，羊不童也。箋云：女從行醉者之言，使女出無角之羖羊，脅以無然之物，使戒深也。羖羊之性，牝牡有角。**三爵不識，矧敢多又。**箋云：矧，況。又，復也。當言我於此醉者，飲三爵之不知，況能知其多復飲乎？三爵者，獻也，酬也，酢也。

《賓之初筵》五章，章十四句。

《甫田之什》十篇，三十九章，二百九十六句。

毛詩卷第十五

魚藻之什詁訓傳第二十二　小雅　鄭氏箋

魚藻

《魚藻》，刺幽王也。言萬物失其性，王居鎬京，將不能以自樂，故君子思古之武王焉。萬物失其性者，王政教衰，陰陽不和，羣生不得其所也。將不能以自樂，言必自是有危亡之禍。

魚在在藻，有頒其首。頒，大首貌。魚以依蒲藻爲得其性。箋云：藻，水草也。魚之依水草，猶人之依明王也。明王之時，魚何所處乎？處於藻。既得其性則肥充，其首頒然。此時人物皆得其所，正言魚者以潛逃之類，信其著見。王在在鎬，豈樂飲酒。箋云：豈亦樂也。天下平安，萬物得其性，武王何所處乎？處於鎬京，樂八音之樂，與羣臣飲酒而已。今幽王惑於褒姒，萬物失其性，方有危亡之禍，而亦豈樂飲酒於鎬京，而無悛心，故以此刺焉。

魚在在藻，有莘其尾。莘，長貌。王在在鎬，飲酒樂豈。

魚在在藻，依于其蒲。王在在鎬，有那其居。箋云：那，安貌。天下平安，王無四方之虞，故其居處那然安也。

《魚藻》三章，章四句。

采菽

《采菽》，刺幽王也。侮慢諸侯。諸侯來朝，不能錫命以禮，數徵會之，而無信義。君子見微而思古焉。幽王徵會諸侯，爲合義兵征討有罪。既往而無之，是於義事不信也。君子見其如此，知其後必見攻伐，將無救也。

采菽采菽，筐之筥之。興也。菽所以芼大牢而待君子也。羊則苦，豕則薇。箋云：菽，大豆也。采之者，采其葉以爲藿。三牲牛、羊、豕，芼以藿。王饗賓客，有牛俎，乃用鉶羹，故使采之。君子來朝，何錫予之？雖無予之，路車乘馬。君子，謂諸侯也。箋云：賜諸侯以車馬，言「雖無予之」，尚以爲薄。又何予之？玄衮及黼。玄衮，卷龍也。

白與黑謂之黼。箋云：及，與也。玄衮，玄衣而畫以卷龍也。黼，黼黻，謂絺衣也。諸公之服自衮冕而下，侯伯自鷩冕而下，子男自毳冕而下。王之賜維用有文章者。

觱沸檻泉，言采其芹。觱沸，泉出貌。檻，泉正出也。箋云：言，我也。芹，菜也，可以爲菹，亦所用待君子也。我使采其水中芹者，尚絜清也。《周禮》「芹菹鴈醢」。**君子來朝，言觀其旂。其旂淠淠，鸞聲嘒嘒。載驂載駟，君子所届。**淠淠，動也。嘒嘒，中節也。箋云：届，極也。諸侯來朝，王使人迎之，因觀其衣服車乘之威儀，所以爲敬，且省禍福也。諸侯將朝于王，則驂乘乘四馬而往。此之服飾，君子法制之極也，言其尊，而王今不尊也。

赤芾在股，邪幅在下。彼交匪紓，天子所予。諸侯赤芾邪幅。幅，偪也，所以自偪束也。紓，緩也。箋云：芾，大古蔽膝之象也。冕服謂之芾，其他服謂之韠。以韋爲之，其制上廣一尺，下廣二尺，長三尺，其頸五寸，肩革帶博二寸。脛本曰股。邪幅，如今行縢也，偪束其脛，自足至膝，故曰在下。彼與人交接，自偪束如此，則非有解怠紓緩之心，天子以是故賜予之。**樂只君子，天子命之。樂只君子，福禄申之。**申，重也。箋云：只之言是也。古者天子賜諸侯也，以禮樂樂之，乃後命予之也。天子賜之，神則以福禄申重之，所謂「人謀鬼謀」也。刺今王不然。

維柞之枝，其葉蓬蓬。蓬蓬，盛貌。箋云：此興也。柞之幹，猶先祖也。枝，猶子孫也。其葉蓬蓬，喻賢才也。正以柞爲興者，柞之葉新，將生；故，乃落於地。以喻繼世以德相承者明也。**樂只君子，殿天子之邦。樂只君子，萬福攸同。**殿，鎮也。**平平左右，亦是率從。**平平，辯治也。箋云：率，循也。諸侯之有賢才之德，能辯治其連屬之國，使得其所，則連屬之國亦循順之。

汎汎楊舟，紼纚維之。紼，繂也。纚，緌也。明王能維持諸侯也。箋云：楊木之舟，浮於水上，汎汎然東西無所定。舟人以紼繫其緌以制行之，猶諸侯之治民，御之以禮法。**樂只君子，天子葵之。樂只君子，福禄膍之。**葵，揆也。膍，厚也。**優哉遊哉，亦是戾矣。**戾，至也。箋云：戾，止也。諸侯有盛德者亦優遊，自安止於是，言思不出其位。

《采菽》五章，章八句。

角弓

《角弓》，父兄刺幽王也。不親九族，而好讒佞，骨肉相怨，故作是詩也。

騂騂角弓，翩其反矣。興也。騂騂，調利也。不善紲檠巧用，則翩然而反。箋云：興者，喻王與九族，不以恩禮御待之，則使之多怨也。**兄弟昏姻，無胥遠矣。**箋云：胥，相也。骨肉之親當相親信，無相疏遠。相疏遠，則以親親之望，易以成怨。

爾之遠矣，民胥然矣。爾之教矣，民胥傚矣。箋云：爾，女，女幽王也。胥，皆也。言王女不親骨肉，則天下之人皆如之。見女之教令，無善無惡，所尚者，天下之人皆學之。言上之化下，不可不慎。

此令兄弟，綽綽有裕。不令兄弟，交相爲瘉。綽綽，寬也。裕，饒。瘉，病也。箋云：令，善也。

民之無良，相怨一方。箋云：良，善也。民之意不獲，當反責之於身，思彼所以

然者而恕之。無善心之人，則徙居一處，怨恚之。**受爵不讓，至于己斯亡。**爵祿不以相讓，故怨禍及之。比周而黨愈少，鄙爭而名愈辱，求安而身愈危。箋云：斯，此也。

老馬反爲駒，不顧其後。已老矣，而孩童慢之。箋云：此喻幽王見老人反侮慢之，遇之如幼稚，不自顧念。後至年老，人之遇己亦將然。**如食宜饇，如酌孔取。**饇，飽也。箋云：王如食老者，則宜令之飽。如飲老者，則當孔取。孔取，謂度其所勝多少。凡器之孔，其量大小不同，老者氣力弱，故取義焉。王有族食、族燕之禮。

毋教猱升木，如塗塗附。猱，猨屬。塗，泥。附，著也。箋云：毋，禁辭。猱之性善登木，若教使其爲，必能也。附，木桴也。塗之性善者，若以塗附，其著亦必也。以喻人之心皆有仁義，教之則進。**君子有徽猷，小人與屬。**徽，美也。箋云：猷，道也。君子有美道以得聲譽，則小人亦樂與之而自連屬焉。今無良之人相怨，王不教之。

雨雪瀌瀌，見晛曰消。晛，日氣也。箋云：雨雪之盛瀌瀌然，至日將出，其氣始見，人則皆稱曰雪今消釋矣。喻小人雖多，王若欲興善政，則天下聞之，莫不曰小人今誅滅矣。

其所以然者，人心皆樂善，王不啟教之。**莫肯下遺，式居婁驕。**箋云：莫，無也。遺讀曰隨。式，用也。婁，斂也。今王不以善政啟小人之心，則無肯謙虛以禮相卑下，先人而後己，用此自居處，斂其驕慢之過者。

雨雪浮浮，見晛曰流。浮浮，猶瀌瀌也。流，流而去也。**如蠻如髦，我是用憂。**蠻，南蠻也。髦，夷髦也。箋云：今小人之行如夷狄，而王不能變化之，我用是爲大憂也。髦，西夷別名。武王伐紂，其等有八國從焉。

《角弓》八章，章四句。

菀柳

《菀柳》，刺幽王也。暴虐無親，而刑罰不中，諸侯皆不欲朝。言王者之不可朝事也。

有菀者柳，不尚息焉。興也。菀，茂木也。箋云：尚，庶幾也。有菀然枝葉茂盛之柳，行路之人，豈有不庶幾欲就之止息乎？興者，喻王有盛德，則天下皆庶幾願往朝焉。憂今不然。**上帝甚蹈，無自暱焉。**蹈，動。暱，近也。箋云：蹈讀曰悼。上帝乎者，愬之也。今幽王暴虐，不可以朝事，甚使我心中悼病，是以不從而近之。釋己所以不朝之意。**俾予靖之，後予極焉。**靖，治。極，至也。箋云：靖，謀。俾，使。極，誅也。假使我朝王，王留我，使我謀政事。王信讒，不察功考績，後反誅放我。是言王刑罰不中，不可朝事也。

有菀者柳，不尚愒焉。愒，息也。**上帝甚蹈，無自瘵焉。**瘵，病也。箋云：接也。**俾予靖之，後予邁焉。**箋云：邁，行也。行亦放也。《春秋傳》曰：「子將行之。」

有鳥高飛，亦傅于天。彼人之心，于何其臻？箋云：傅、臻，皆至也。彼人，斥幽王也。鳥之高飛，極至於天耳。幽王之心，於何所至乎？言其轉側無常，人不知其所屆。**曷予靖之，居以凶矜？**曷，何。矜，危也。箋云：王何爲使我謀之，隨而罪我，居我以凶危之地？謂四裔也。

《菀柳》三章，章六句。

都人士

《都人士》，周人刺衣服無常也。古者長民，衣服不貳，從容有常，以齊其民，則民德歸壹。傷今不復見古人也。服，謂冠弁衣裳也。古者，明王時也。長民，謂凡在民上倡率者也。變易無常謂之貳。從容，謂休燕也。休燕猶有常，則朝夕明矣。壹者，專也，同也。

彼都人士，狐裘黄黄。其容不改，出言有章。彼，彼明王也。箋云：城郭之域曰都。古明王時，都人之有士行者，冬則衣狐裘，黄黄然取温裕而已。其動作容貌既有常，吐口言語又有法度文章。疾今奢淫，不自責以過差。行歸于周，萬民所望。周，忠信也。箋云：于，於也。都人之士所行，要歸於忠信。其餘萬民寡識者，咸瞻望而法傚之。又疾今不然。

彼都人士，臺笠緇撮。臺所以禦暑，笠所以禦雨也。緇撮，緇布冠也。箋云：臺，夫須也。都人之士以臺皮爲笠，緇布爲冠。古明王之時，儉且節也。彼君子女，綢直如

髮。密直如髮也。箋云：彼君子女者，謂都人之家女也。其情性密緻，操行正直，如髮之本末無隆殺也。我不見兮，我心不説。箋云：疾時皆奢淫，我不復見今士女之然者，心思之而憂也。

彼都人士，充耳琇實。琇，美石也。箋云：言以美石爲瑱。瑱，塞耳。彼君子女，謂之尹吉。尹，正也。箋云：吉讀爲姞。尹氏、姞氏，周昏姻之舊姓也。人見都人之家女，咸謂之尹氏、姞氏之女，言有禮法。我不見兮，我心苑結。箋云：苑猶屈也，積也。

彼都人士，垂帶而厲。彼君子女，卷髮如蠆。厲，帶之垂者。箋云：而亦如也。而厲，如鞶厲也。鞶必垂厲以爲飾。厲字當作裂。蠆，螫蟲也。尾末揵然，似婦人髮末曲上卷然。我不見兮，言從之邁。箋云：言亦我也。邁，行也。我今不見士女此飾，心思之，欲從之行。言己憂悶，欲自殺，求從古人。

匪伊垂之，帶則有餘。匪伊卷之，髮則有旟。旟，揚也。箋云：伊，辭也。

此言士非故垂此帶也，帶於禮自當有餘也。女非故卷此髮也，髮於禮自當有旟也。旟，枝旟揚起也。**我不見兮，云何盱矣。**箋云：盱，病也。思之甚，云：「何乎，我今已病也。」

《都人士》五章，章六句。

采緑

《采緑》，刺怨曠也。幽王之時，多怨曠者也。怨曠者，君子行役過時之所由也。而刺之者，譏其不但憂思而已，欲從君子於外，非禮也。

終朝采緑，不盈一匊。興也。自旦及食時爲終朝。兩手曰匊。箋云：緑，王芻也，易得之菜也。終朝采之而不滿手，怨曠之深，憂思不專於事。**予髮曲局，薄言歸沐。**局，卷也。婦人夫不在則不容飾。箋云：言，我也。禮，婦人在夫家，笄象笄。今曲卷其髮，憂思之甚也。有云君子將歸者，我則沐以待之。

終朝采藍，不盈一襜。衣蔽前謂之襜。箋云：藍，染草也。**五日爲期，六日不詹。**詹，至也。婦人五日一御。箋云：婦人過於時乃怨曠。五日、六日者，五月之日、六月之日也。期至五月而歸，今六月猶不至，是以憂思。

之子于狩，言韔其弓。之子于釣，言綸之繩。箋云：之子，是子也，謂其君子也。于，往也。綸，釣繳也。君子往狩與，我當從之，爲之韔弓。其往釣與，我當從之，爲之繩繳。今怨曠，自恨初行時不然。

其釣維何？維魴及鱮。維魴及鱮，薄言觀者。箋云：觀，多也。此美其君子之有技藝也。釣必得魴、鱮，魴、鱮是云其多者耳。其衆雜魚，乃衆多矣。

《采緑》四章，章四句。

黍苗

《黍苗》，刺幽王也。不能膏潤天下，卿士不能行召伯之職焉。陳宣王之德、召伯之功，以刺幽王及其羣臣廢此恩澤事業也。

芃芃黍苗，陰雨膏之。興也。芃芃，長大貌。箋云：興者，喻天下之民如黍苗然，宣王能以恩澤育養之，亦如天之有陰雨之潤。悠悠南行，召伯勞之。悠悠，行貌。箋云：宣王之時，使召伯營謝邑，以定申伯之國。將徒役南行，衆多悠悠然，召伯則能勞來勸説以先之。

我任我輦，我車我牛。我行既集，蓋云歸哉。任者，輦者，車者，牛者。箋云：集猶成也。蓋猶皆也。營謝轉餫之役，有負任者，有輓輦者，有將車者，有牽傍牛者。其所爲南行之事既成，召伯則皆告之云可歸哉。刺今王使民行役，曾無休止時。

我徒我御，我師我旅。我行既集，蓋云歸處。徒行者，御車者，師者，旅者。箋云：步行曰徒。召伯營謝邑，以兵衆行。其士卒有步行者，有御兵車者。五百人爲旅，五旅爲師。《春秋傳》曰：「諸侯之制，君行師從，卿行旅從。」

肅肅謝功，召伯營之。烈烈征師，召伯成之。謝，邑也。箋云：肅肅，嚴正之貌。營，治也。烈烈，威武貌。征，行也。美召伯治謝邑，則使之嚴正。將師旅行，則有威武也。

原隰既平，泉流既清。召伯有成，王心則寧。土治曰平，水治曰清。箋云：召伯營謝邑，相其原隰之宜，通其水泉之利。此功既成，宣王之心則安也。又刺今王，臣無成功而亦心安。

《黍苗》五章，章四句。

隰桑

《隰桑》，刺幽王也。小人在位，君子在野，思見君子，盡心以事之。

隰桑有阿，其葉有難。興也。阿然，美貌。難然，盛貌。有以利人也。箋云：隰中之桑，枝條阿阿然長美，其葉又茂盛，可以庇蔭人。興者，喻時賢人君子不用而野處，有覆養之德也。正以隰桑興者，反求此義，則原上之桑，枝葉不能然，以刺時小人在位，無德於民。既見君子，其樂如何。箋云：思在野之君子，而得見其在位，喜樂無度。

隰桑有阿，其葉有沃。沃，柔也。既見君子，云何不樂。

隰桑有阿，其葉有幽。幽，黑色也。既見君子，德音孔膠。膠，固也。箋云：君子在位，民附仰之，其教令之行，甚堅固也。

心乎愛矣，遐不謂矣？中心藏之，何日忘之？箋云：遐，遠。謂，勤。藏，善也。我心愛此君子，君子雖遠在野，豈能不勤思之乎？宜思之也。我心善此君子，又誠不能忘也。孔子曰：「愛之能勿勞乎？忠焉能勿誨乎？」

《隰桑》四章，章四句。

白華

《白華》，周人刺幽后也。幽王取申女以爲后，又得褒姒而黜申后，故下國化之，以妾爲妻，以孽代宗，而王弗能治，周人爲之作是詩也。申，姜姓之國也。褒姒，褒人所入之女，姒其字也，是謂幽后。孽，支庶也。宗，適子也。王不能治，已不正故也。

白華菅兮，白茅束兮。興也。白華，野菅也。已漚爲菅。箋云：白華於野，已漚名之爲菅。菅柔忍中用矣，而更取白茅收束之。茅比於白華爲脆。興者，喻王取於申，申后禮儀備，任妃后之事。而更納褒姒，褒姒爲孽，將至滅國。之子之遠，俾我獨兮。箋云：之子，斥幽王也。俾，使也。王之遠外我，不復荅耦我，意欲使我獨也。老而無子曰獨。後褒姒譖申后之子宜咎，宜咎奔申。

英英白雲，露彼菅茅。英英，白雲貌。露亦有雲，言天地之氣，無微不著，無不覆養。箋云：白雲下露，養彼可以爲菅之茅，使與白華之菅相亂易，猶天下妖氣生褒姒，使申后見黜。天步艱難，之子不猶。步，行。猶，可也。箋云：猶，圖也。天行此艱難之妖久矣，王不圖其變之所由爾。昔夏之衰，有二龍之妖，卜藏其漦。周厲王發而觀之，化爲玄黿。童女遇之，當宣王時而生女，懼而棄之。後褒人有獄而入之幽王，幽王嬖之，是謂褒姒。

滮池北流，浸彼稻田。滮，流貌。箋云：池水之澤，浸潤稻田，使之生殖。喻王

無恩意於申后，滮池之不如也。豐、鎬之間，水北流。**嘯歌傷懷，念彼碩人。**箋云：碩，大也。妖大之人，謂褒姒也。申后見黜，褒姒之所爲，故憂傷而念之。

樵彼桑薪，卬烘于煁。卬，我。烘，燎也。煁，烓竈也。桑薪，宜以養人者也。箋云：人之樵取彼桑薪，宜以炊饔饎之爨以養食人。桑薪，薪之善者也，我反以燎於烓竈，用炤事物而已。喻王始以禮取申后，申后禮儀備。今反黜之，使爲卑賤之事，亦猶是。**維彼碩人，實勞我心。**

鼓鍾于宫，聲聞于外。有諸宫中，必形見於外。箋云：王失禮於内，而下國聞知而化之。王弗能治，如鳴鼓鍾於宫中，而欲外人不聞，亦不可止。**念子懆懆，視我邁邁。**邁邁，不説也。箋云：此言申后之忠於王也。念之懆懆然，欲諫正之。王反不説於其所言。

有鶖在梁，有鶴在林。鶖，秃鶖也。箋云：鶖也，鶴也，皆以魚爲美食者也。鶖之性貪惡，而今在梁。鶴絜白，而反在林。興王養褒姒而餒申后，近惡而遠善。**維彼碩人，實勞我心。**

鴛鴦在梁，戢其左翼。箋云：戢，斂也。斂左翼者，謂右掩左也。鳥之雌雄不可別也，以翼右掩左雄，左掩右雌，陰陽相下之義也。夫婦之道，亦以禮義相下，以成家道。**之子無良，二三其德。**箋云：良，善也。王無荅耦己之善意，而變移其心志，令我怨曠。

有扁斯石，履之卑兮。扁，乘石貌。王乘車履石。箋云：王后出入之禮與王同，其行登車亦履石。申后始時亦然，今見黜而卑賤。**之子之遠，俾我疷兮。**疷，病也。箋云：王之遠外我，欲使我困病。

《白華》八章，章四句。

緜蠻

《緜蠻》，微臣刺亂也。大臣不用仁心，遺忘微賤，不肯飲食教載之，故作是詩也。微臣，謂士也。古者卿大夫出行，士爲末介。士之禄薄，或困乏於資財，則當賙贍之。幽王之時，國亂禮廢恩薄，大不念小，尊不恤賤，故本其亂而刺之。

緜蠻黃鳥，止於丘阿。興也。緜蠻，小鳥貌。丘阿，曲阿也。鳥止於阿，人止於仁。箋云：止，謂飛行所止託也。興者，小鳥知止於丘之曲阿静安之處而託息焉，喻小臣擇卿大夫有仁厚之德者而依屬焉。道之云遠，我勞如何！飲之食之，教之誨之。命彼後車，謂之載之。箋云：在國依屬於卿大夫之仁者。至於爲末介，從而行，道路遠矣，我罷勞，則卿大夫之恩宜如何乎？渴則予之飲，飢則予之食，事未至則豫教之，臨事則誨之，車敗則命後車載之。後車，倅車也。

緜蠻黃鳥，止于丘隅。箋云：丘隅，丘角也。豈敢憚行，畏不能趨。箋云：憚，難也。我罷勞，車又敗，豈敢難徒行乎？畏不能及時疾至也。飲之食之，教之誨之。命彼後車，謂之載之。

緜蠻黃鳥，止于丘側。箋云：丘側，丘旁也。豈敢憚行，畏不能極。箋云：極，至也。飲之食之，教之誨之。命彼後車，謂之載之。

《緜蠻》三章，章八句。

瓠葉

《瓠葉》，大夫刺幽王也。上棄禮而不能行，雖有牲牢饔餼，不肯用也。故思古之人不以微薄廢禮焉。牛羊豕爲牲，繫養者曰牢，熟曰饔，腥曰餼，生曰牽。不肯用者，自養厚而薄於賓客。

幡幡瓠葉，采之亨之。君子有酒，酌言嘗之。幡幡，瓠葉貌。庶人之菜也。箋云：亨，熟也。熟瓠葉者，以爲飲酒之菹也。此君子謂庶人之有賢行者也。其農功畢，乃爲酒漿，以合朋友，習禮講道藝也。酒既成，先與父兄室人亨瓠葉而飲之，所以急和親親也。飲酒而曰嘗者，以其爲之，主於賓客，客賓客則加之以羞。《易·兑·象》曰：「君子以朋友講習。」

有兔斯首，炮之燔之。君子有酒，酌言獻之。毛曰炮。加火曰燔。獻，奏也。箋云：斯，白也，今俗語「斯白」之字作「鮮」，齊、魯之間聲近斯。有兔白首者，兔之小者也。炮之燔之者，將以爲飲酒之羞也。飲酒之禮，既奏酒於賓，乃薦羞。每酌言言者，禮不下庶人，

庶人依士禮立賓主爲酧名。

有兔斯首，燔之炙之。君子有酒，酧言酢之。炕火曰炙。酢，報也。箋云：報者，賓既卒爵，洗而酧主人也。凡治兔之宜，鮮者毛炮之，柔者炙之，乾者燔之。

有兔斯首，燔之炮之。君子有酒，酧言醻之。醻，道飲也。箋云：主人既卒酢爵，又酧自飲，卒爵，復酧進賓，猶今俗之勸酒。

《瓠葉》四章，章四句。

漸漸之石

《漸漸之石》，下國刺幽王也。戎狄叛之，荆舒不至，乃命將率東征。役久病於外，故作是詩也。荆，謂楚也。舒，舒鳩、舒鄝、舒庸之屬。役，謂士卒也。

漸漸之石，維其高矣。漸漸，山石高峻。箋云：山石漸漸然高峻，不可登而上，喻戎狄衆彊而無禮義，不可得而伐也。山川悠遠，維其勞矣。山川者，荆舒之國所處也，其道里長遠，邦域又勞勞廣闊，言不可卒服。武人東征，不皇朝矣。箋云：武人，謂將率也。皇，

王也。將率受王命，東行而征伐，役人罷病，必不能正荆舒，使之朝於王。

漸漸之石，維其卒矣。山川悠遠，曷其没矣？卒，竟。没，盡也。箋云：卒者，崔嵬也，謂山巔之末也。曷，何也。廣闊之處，何時其可盡服。武人東征，不皇出矣。箋云：不能正之，令出使聘問於王。

有豕白蹢，烝涉波矣。豕，豬也。蹢，蹄也。將久雨，則豕進涉水波。箋云：烝，衆也。豕之性能水，又唐突難禁制。四蹄皆白曰駭，則白蹄其尤躁疾者。今離其繒牧之處，與衆豕涉入水之波漣矣。喻荆舒之人勇悍捷敏，其君猶白蹄之豕也，乃率民去禮義之安，而居亂亡之危。賤之，故比方於豕。月離于畢，俾滂沱矣。畢，噣也。月離陰星則雨。箋云：將有大雨，徵氣先見於天。以言荆舒之叛，萌漸亦由王出也。豕既涉波，今又雨使之滂沱，疾王甚也。武人東征，不皇他矣。箋云：不能正之令其守職，不干王命。

《漸漸之石》三章，章六句。

苕之華

《苕之華》，大夫閔時也。幽王之時，西戎東夷交侵中國，師旅並起，因之以饑饉。君子閔周室之將亡，傷己逢之，故作是詩也。師旅並起者，諸侯或出師，或出旅，以助王距戎與夷也。大夫將師出，見戎夷之侵周而閔之。今當其難，自傷近危亡。

苕之華，芸其黃矣。興也。苕，陵苕也。將落則黃。箋云：陵苕之華，紫赤而繁。興者，陵苕之幹喻如京師也，其華猶諸夏也，故或謂諸夏爲諸華。華衰則黃，猶諸侯之師旅罷病將敗，則京師孤弱。心之憂矣，維其傷矣。箋云：傷者，謂國日見侵削。

苕之華，其葉青青。華落，葉青青然。箋云：京師以諸夏爲障蔽。今陵苕之華衰而葉見青青然，喻諸侯微弱，而王之臣當出見也。知我如此，不如無生。箋云：我，我王也。知王之爲政如此，則己之生不如不生也。自傷逢今世之難，憂悶之甚。

牂羊墳首，三星在罶。牂羊，牝羊也。墳，大也。罶，曲梁也，寡婦之笱也。牂羊墳首，言無是道也。三星在罶，言不可久也。箋云：無是道者，喻周已衰，求其復興，不可得也。不可久者，喻周將亡，如心星之光耀，見於魚笱之中，其去須臾也。人可以食，鮮可以飽。治日少而亂日多。箋云：今者士卒，人人於晏早皆可以食矣。時饑饉，軍興乏少，無可以飽之者。

《苕之華》三章，章四句。

何草不黃

《何草不黃》，下國刺幽王也。四夷交侵，中國背叛，用兵不息，視民如禽獸。君子憂之，故作是詩也。

何草不黃，何日不行。箋云：用兵不息，軍旅自歲始，草生而出，至歲晚矣，何草而不黃乎？言草皆黃也。於是之間，將率何日不行乎？言常行，勞苦之甚。何人不將，經營四方。言萬民無不從役。

何草不玄，何人不矜。箋云：玄，赤黑色。始春之時，草牙蘖者將生，必玄，於此時也，兵猶復行。無妻曰矜。從役者皆過時不得歸，故謂之矜。哀我征夫，獨爲匪民。箋云：征夫，從役者也。古者師出不踰時，所以厚民之性也。今則草玄至於黄，黄至於玄，此豈非民乎？

匪兕匪虎，率彼曠野。兕、虎，野獸也。曠，空也。箋云：兕、虎，比戰士也。哀我征夫，朝夕不暇。

有芃者狐，率彼幽草。有棧之車，行彼周道。芃，小獸貌。棧車，役車也。箋云：狐草行草止，故以比棧車輦者。

《何草不黄》四章，章四句。

《魚藻之什》十四篇，六十二章，三百二句。

毛詩卷第十六

文王之什詁訓傳第二十三　大雅　鄭氏箋

文王

《文王》，文王受命作周也。受命，受天命而王天下，制立周邦。

文王在上，於昭于天。在上，在民上也。於，歎辭。昭，見也。箋云：文王初爲西伯，有功於民，其德著見於天，故天命之以爲王，使君天下也。崩，謚曰文。周雖舊邦，其命維新。乃新在文王也。箋云：大王聿來胥宇而國於周，王跡起矣，而未有天命。至文王而受命。言新者，美之也。有周不顯，帝命不時。有周，周也。不顯，顯也。顯，光也。不時，時也。時，是也。箋云：周之德不光明乎？光明矣。天命之不是乎？又是矣。文王陟降，在帝左右。言文王升接天，下接人也。箋云：在，察也。文王能觀知天意，順其所爲，從而行之。

亹亹文王，令聞不已。陳錫哉周，侯文王孫子。文王孫子，本支百世。亹亹，勉也。哉，載。侯，維也。本，本宗也。支，支子也。箋云：令，善。哉，始。侯，君也。勉勉乎不倦，文王之勤，用明德也。其善聲聞，曰見稱歌，無止時也。乃由能敷恩惠之施以受命，造始周國，故天下君之。其子孫，適爲天子，庶爲諸侯，皆百世。凡周之士，不顯亦世。不世顯德乎！士者世禄也。箋云：凡周之士，謂其臣有光明之德者，亦得世世在位，重其功也。

世之不顯，厥猶翼翼。思皇多士，生此王國。王國克生，維周之楨。翼翼，恭敬。思，辭也。皇，天。楨，幹也。箋云：猶，謀。思，願也。周之臣既世世光明，其爲君之謀事忠敬翼翼然，又願天多生賢人於此邦。此邦能生之，則是我周之幹事之臣。濟濟多士，文王以寧。濟濟，多威儀也。

穆穆文王，於緝熙敬止。假哉天命，有商孫子。穆穆，美也。緝熙，光明也。假，固也。箋云：穆穆乎文王，有天子之容。於美乎，又能敬其光明之德。堅固哉，天爲此命之，使臣有殷之子孫。商之孫子，其麗不億。上帝既命，侯于周服。麗，

數也。盛德不可爲衆也。箋云：于，於也。商之孫子，其數不徒億，多言之也。至天已命文王之後，乃爲君於周之九服之中。言衆之不如德也。**侯服于周，天命靡常。**則見天命之無常也。箋云：無常者，善則就之，惡則去之。**殷士膚敏，祼將于京。厥作祼將，常服黼冔。**殷士，殷侯也。膚，美。敏，疾也。祼，灌鬯也。周人尚臭。將，行。京，大也。黼，白與黑也。冔，殷冠也。夏后氏曰收，周曰冕。箋云：殷之臣壯美而敏，來助周祭。其助祭自服殷之服，明文王以德不以强。**王之藎臣，無念爾祖。**藎，進也。無念，念也。箋云：今王之進用臣，當念女祖爲之法。王，斥成王。

無念爾祖，聿脩厥德。永言配命，自求多福。聿，述。永，長。言，我也。我長配天命而行，爾庶國亦當自求多福。箋云：長，猶常也。王既述脩祖德，常言當配天命而行，則福禄自來。**殷之未喪師，克配上帝。**帝乙已上也。箋云：師，衆也。殷自紂父之前，未喪天下之時，皆能配天而行，故不亡也。**宜鑒于殷，駿命不易。**駿，大也。箋云：宜以殷王賢愚爲鏡。天之大命，不可改易。

命之不易，無遏爾躬。宣昭義問，有虞殷自天。遏，止。義，善。虞，度也。箋云：宣，偏。有，又也。天之大命，已不可改易矣，當使子孫長行之，無終女身則止。偏明以禮義問老成人，又度殷所以順天之事而施行之。**上天之載，無聲無臭。儀刑文王，萬邦作孚。**載，事。刑，法。孚，信也。箋云：天之道難知也。耳不聞聲音，鼻不聞香臭，儀法文王之事，則天下咸信而順之。

《文王》七章，章八句。

大明

《大明》，文王有明德，故天復命武王也。二聖相承，其明德日以廣大，故曰大明。

明明在下，赫赫在上。明明，察也。文王之德，明明於下，故赫赫然著見於天。箋云：明明者，文王、武王施明德于天下，其徵應炤晳見於天，謂三辰效驗。**天難忱斯，不**

易維王。天位殷適，使不挾四方。忱，信也。紂居天位，而殷之正適也。挾，達也。箋云：天之意難信矣，不可改易者，天子也。今紂居天位，而又殷之正適，以其爲惡，乃棄絶之，使教令不行於四方，四方共叛之。是天命無常，維德是予耳。言此者，厚美周也。

摯仲氏任，自彼殷商，來嫁于周，曰嬪于京。乃及王季，維德之行。摯，國。任，姓。仲，中女也。嬪，婦。京，大也。王季，大王之子、文王之父也。箋云：京，周國之地，小別名也。及，與也。摯國中女曰大任，從殷商之畿內，嫁爲婦於周之京，配王季，而與之共行仁義之德，同志意也。大任有身，生此文王。大任，仲任也。身，重也。箋云：重，謂懷孕也。

維此文王，小心翼翼。昭事上帝，聿懷多福。厥德不回，以受方國。回，違也。箋云：小心翼翼，恭慎貌。昭，明。聿，述。懷，思也。方國，四方來附者。此言文王之有德，亦由父母也。

天監在下，有命既集。文王初載，天作之合。在洽之陽，在渭

之涘。集，就。載，識。合，配也。洽，水也。渭，水也。涘，涯也。箋云：天監視善惡於下，其命將有所依就，則豫福助之於文王，生適有所識，則爲之生配於氣勢之處，使必有賢才。謂生大姒。

文王嘉止，大邦有子。嘉，美也。箋云：文王聞大姒之賢，則美之曰：大邦有子女可以爲妃。乃求昏。大邦有子，俔天之妹。俔，磬也。箋云：既使問名，還則卜之。又知大姒之賢，尊之如天之有女弟。文定厥祥，言大姒之有文德也。祥，善也。箋云：問名之後，卜而得吉，則文王以禮定其吉祥，謂使納幣也。親迎于渭。言賢聖之配也。箋云：賢女配聖人，得其宜，故備禮也。造舟爲梁，不顯其光。言受命之宜王基，乃始於是也。天子造舟，諸侯維舟，大夫方舟，士特舟。造舟然後可以顯其光輝。箋云：迎大姒而更爲梁者，欲其昭著，示後世敬昏禮也。不明乎其禮之有光輝，美之也。天子造舟，周制也，殷時未有等制。

有命自天，命此文王，于周于京。纘女維莘，長子維行，纘，繼也。莘，大姒國也。長子，長女也。能行大任之德焉。箋云：天爲將命文王，君天下於周京之地，故

亦爲作合，使繼大任之女事於莘國，莘國之長女大姒則配文王，維德之行。篤生武王。保右命爾，燮伐大商。篤，厚。右，助。燮，和也。箋云：天降氣於大姒，厚生聖子武王，安而助之，又遂命之爾，使協和伐殷之事。協和伐殷之事，謂合位三五也。

殷商之旅，其會如林。矢于牧野，維予侯興。旅，衆也。如林，言衆而不爲用也。矢，陳。興，起也。言天下之望周也。箋云：殷盛合其兵衆，陳於商郊之牧野，而天乃予諸侯有德者，當起爲天子。言天去紂，周師勝也。上帝臨女，無貳爾心。言無敢懷貳心也。箋云：臨，視也。女，女武王也。天護視女，伐紂必克，無有疑心。

牧野洋洋，檀車煌煌，駟騵彭彭。洋洋，廣也。煌煌，明也。騮馬白腹曰騵。言上周下殷也。箋云：言其戰地寬廣，明不用權詐也。兵車鮮明，馬又彊，則暇且整。維師尚父，時維鷹揚，涼彼武王。師，大師也。尚父，可尚可父。鷹揚，如鷹之飛揚也。涼，佐也。箋云：尚父，吕望也，尊稱焉。鷹，鷙鳥也。佐武王者，爲之上將。肆伐大商，會朝清明。肆，疾也。會，甲也。不崇朝而天下清明。箋云：肆，故今也。會，合也。以天期已至，兵甲之彊，師率之武，故今伐殷，合兵以清明。《書·牧誓》曰：「時甲子昧爽，武王朝至于商郊

牧野，乃誓。」

《大明》八章，四章章六句，四章章八句。

緜

《緜》，文王之興，本由大王也。

緜緜瓜瓞。民之初生，自土沮漆。興也。緜緜，不絶貌。瓜，紹也。瓞，瓝也。民，周民也。自，用。土，居也。沮，水。漆，水也。箋云：瓜之本實，繼先歲之瓜，必小，狀似瓝，故謂之瓞。緜緜然若將無長大時。興者，喻后稷乃帝嚳之胄，封於邰。其後公劉失職，遷于豳，居沮、漆之地，歷世亦緜緜然。至大王而德益盛，得其民心而生王業，故本周之興，云于沮漆也。

古公亶父，陶復陶穴，未有家室。古公，豳公也。古，言久也。亶父，字。或殷以名言，質也。古公處豳，狄人侵之。事之以皮幣，不得免焉。事之以犬馬，不得免焉。事之以珠玉，不

得免焉。乃屬其耆老而告之曰：「狄人之所欲者，吾土地也。吾聞之，君子不以其所養人而害人。二三子何患乎無君？」去之。踰梁山，邑乎岐山之下。豳人曰：「仁人之君，不可失也。」從之如歸市。陶其土而復之，陶其壤而穴之。室內曰家。未有寢廟，亦未敢有家室。箋云：古公，據文王本其祖也。諸侯之臣，稱其君曰公。復者，復於土上，鑿地曰穴，皆如陶然。本其在豳時。傳自古公處豳而下，爲二章發。

古公亶父，來朝走馬。率西水滸，至于岐下。爰及姜女，聿來胥宇。率，循也。滸，水厓也。姜女，大姜也。胥，相。宇，居也。箋云：「來朝走馬」，言其辟惡早且疾也。循西水厓，沮、漆水側也。爰，於。及，與。聿，自也。於是與其妃大姜自來相可居者，著大姜之賢知也。

周原膴膴，堇荼如飴。爰始爰謀，爰契我龜。周原，沮、漆之間也。膴膴，美也。堇，菜也。荼，苦菜也。契，開也。箋云：廣平曰原。周之原地，在岐山之南，膴膴然肥美。其所生菜，雖有性苦者，皆甘如飴也。此地將可居，故於是始與豳人之從己者謀。謀從，又於是

契灼其龜而卜之，卜之則又從矣。**曰止曰時，築室于茲。**箋云：時，是也。茲，此也。卜從則曰可止居於是，可作室家於此，定民心也。

迺慰迺止，迺左迺右。迺疆迺理，迺宣迺畝。自西徂東，周爰執事。慰，安。爰，於也。箋云：時耕曰宣。徂，往也。民心定，乃安隱其居，乃左右而處之，乃疆理其經界，乃時耕其田畝，於是從西方而往東之人，皆於周執事，競出力也。豳與周原，不能爲西東，據至時從水滸言也。

乃召司空，乃召司徒，俾立室家。箋云：俾，使也。司空、司徒，卿官也。司空掌營國邑，司徒掌徒役之事，故召之，使立室家之位處。**其繩則直，縮版以載，作廟翼翼。**言不失繩直也。乘謂之縮。君子將營宫室，宗廟爲先，廄庫爲次，居室爲後。箋云：繩者，營其廣輪方制之正也，既正則以索縮其築版，上下相承而起。廟成則嚴顯翼翼然。乘，聲之誤，當作「繩」。

捄之陾陾，度之薨薨。築之登登，削屢馮馮。捄，虆也。陾陾，衆也。

度，居也。言百姓之勸勉也。登登，用力也。削牆鍛屨之聲馮馮然。箋云：捄，捊也。度，猶投也。築牆者捊聚壤土，盛之以虆，而投諸版中。**百堵皆興，鼛鼓弗勝。**皆，俱也。鼛，大鼓也，長一丈二尺。或鼛或鼓，言勸事樂功也。箋云：五版爲堵。興，起也。百堵同時起，鼛鼓不能止之使休息也。凡大鼓之側有小鼓，謂之應鼙、朔鼙。《周禮》曰：「以鼛鼓鼓役事。」

迺立皋門，皋門有伉。迺立應門，應門將將。王之郭門曰皋門。伉，高貌。王之正門曰應門。將將，嚴正也。美大王作郭門以致皋門，作正門以致應門焉。箋云：諸侯之宫，外門曰皋門，朝門曰應門，内有路門。天子之宫，加以庫、雉。**迺立冢土，戎醜攸行。**冢，大。戎，大。醜，衆也。冢土，大社也。起大事，動大衆，必先有事乎社而後出，謂之宜。美大王之社，遂爲大社也。箋云：大社者，出大衆，將所告而行也。《春秋傳》曰：「蜃，宜社之肉。」

肆不殄厥愠，亦不隕厥問。柞棫拔矣，行道兑矣。肆，故今也。愠，恚。隕，隊也。兑，成蹊也。箋云：小聘曰問。柞，櫟也。棫，白桵也。文王見大王立冢土，有用大衆之義，故不絶去其恚惡惡人之心，亦不廢其聘問鄰國之禮。今以柞棫生柯葉之時，使大夫將師旅出聘問，其行道士衆兑然，不有征伐之意。**混夷駾矣，維其喙矣。**駾，突。喙，困也。箋云：混夷，夷狄國也。見文王之使者，將士衆過己國，則惶怖驚走奔突，入此柞棫之中而逃，甚困劇也。是之謂一年伐混夷，太王辟狄；文王伐混夷，成道興國，其志一也。

虞芮質厥成，文王蹶厥生。質，成也。成，平也。蹶，動也。虞、芮之君，相與争田，久而不平，乃相謂曰：「西伯，仁人也，盍往質焉？」乃相與朝周。入其竟，則耕者讓畔，行者讓路。入其邑，男女異路，班白不提挈。入其朝，士讓爲大夫，大夫讓爲卿。二國之君，感而相謂曰：「我等小人，不可以履君子之庭。」乃相讓，以其所争田爲間田而退。天下聞之，而歸者四十餘國。箋云：虞、芮之質平，而文王動其緜緜民初生之道，謂廣其德而王業大。**予曰有疏附，予曰有先後，予曰有奔奏，予曰有禦侮。**率下親上曰疏附。相道前後曰先後。喻德宣譽曰奔奏。武臣折衝曰禦侮。箋云：予，我也，詩人自我也。文王之德所以至然者，我念之曰：此亦由有疏附、先後、奔奏、禦侮之臣力也。疏附，使疏者親也。奔奏，使人歸趨之。

《緜》九章，章六句。

棫樸

《棫樸》，文王能官人也。

芃芃棫樸，薪之槱之。興也。芃芃，木盛貌。棫，白桵也。樸，枹木也。槱，積也。山木茂盛，萬民得而薪之。賢人衆多，國家得用蕃興。箋云：白桵相樸屬而生者，枝條芃芃然，豫斫以爲薪。至祭皇天上帝及三辰，則聚積以燎之。濟濟辟王，左右趣之。趣，趨也。箋云：辟，君也。君王，謂文王也。文王臨祭祀，其容濟濟然敬。左右之諸臣，皆促疾於事，謂相助積薪。

濟濟辟王，左右奉璋。半珪曰璋。箋云：璋，璋瓚也。祭祀之禮，王祼以珪瓚，諸臣助之，亞祼以璋瓚。奉璋峨峨，髦士攸宜。峨峨，盛壯也。髦，俊也。箋云：士，卿士也。奉璋之儀峨峨然，故今俊士之所宜。

淠彼涇舟，烝徒楫之。淠，舟行貌。楫，櫂也。箋云：烝，衆也。淠淠然涇水中之舟，順流而行者，乃衆徒船人以楫櫂之故也。興衆臣之賢者行君政令。周王于邁，六師及之。天子六軍。箋云：于，往。邁，行。及，與也。周王往行，謂出兵征伐也。二千五百人爲師。今王興師行者，殷末之制，未有《周禮》。《周禮》「五師爲軍，軍萬二千五百人」。

倬彼雲漢，爲章于天。倬，大也。雲漢，天河也。箋云：雲漢之在天，其爲文章，譬猶天子爲法度于天下。周王壽考，遐不作人。遐，遠也，遠不作人也。箋云：周王，文王也。文王是時九十餘矣，故云壽考。「遠不作人」者，其政變化紂之惡俗，近如新作人也。

追琢其章，金玉其相。追，雕也。金曰雕，玉曰琢。相，質也。箋云：《周禮·追師》「掌追衡笄」，則追亦治玉也。相，視也，猶觀視也。追琢玉使成文章，喻文王爲政，先以心研精，合於禮義，然後施之。萬民視而觀之，其好而樂之，如覩金玉然。言其政可樂也。勉勉我王，綱紀四方。箋云：我王，謂文王也。以罔罟喻爲政，張之爲綱，理之爲紀。

《棫樸》五章，章四句。

旱麓

《旱麓》，受祖也。周之先祖，世脩后稷、公劉之業。大王、王季申以百福干禄焉。

瞻彼旱麓，榛楛濟濟。旱，山名也。麓，山足也。濟濟，衆多也。箋云：旱山之足，林木茂盛者，得山雲雨之潤澤也。喻周邦之民，獨豐樂者，被其君德教。豈弟君子，干禄豈弟。干，求也。言陰陽和，山藪殖，故君子得以干禄樂易。箋云：君子，謂大王、王季。以有樂易之德施於民，故其求禄亦得樂易。

瑟彼玉瓚，黄流在中。玉瓚，圭瓚也。黄金所以飾。流，鬯也。九命然後錫以秬鬯、圭瓚。箋云：瑟，絜鮮貌。黄流，秬鬯也。圭瓚之狀，以圭爲柄，黄金爲勺，青金爲外，朱中央矣。殷王帝乙之時，王季爲西伯，以功德受此賜。豈弟君子，福禄攸降。箋云：攸，所。降，下也。

鳶飛戾天，魚躍于淵。言上下察也。箋云：鳶，鴟之類，鳥之貪惡者也。飛而至天，喻惡人遠去，不爲民害。魚跳躍于淵中，喻民喜得所。豈弟君子，遐不作人。箋云：遐，遠也。言大王、王季之德近於變化，使如新作人。

清酒既載，騂牡既備。言年豐畜碩也。箋云：既載，謂已在尊中也。祭祀之事，先爲清酒，其次擇牲，故舉二者。以享以祀，以介景福。言祀所以得福也。箋云：介，助。景，大也。

瑟彼柞棫，民所燎矣。瑟，衆貌。箋云：柞棫之所以茂盛者，乃人熂燎除其旁草，養治之，使無害也。豈弟君子，神所勞矣。箋云：勞，勞來，猶言佑助。

莫莫葛藟，施于條枚。莫莫，施貌。箋云：葛也，藟也，延蔓於木之枝本而茂盛。喻子孫依緣先人之功而起。豈弟君子，求福不回。箋云：不回者，不違先祖之道。

《旱麓》六章，章四句。

思齊

《思齊》，文王所以聖也。言非但天性，德有所由成。

思齊大任，文王之母。思媚周姜，京室之婦。齊，莊。媚，愛也。周姜，大姜也。京室，王室也。箋云：京，周地名也。常思莊敬者大任也，乃爲文王之母。又常思愛大姜之配大王之禮，故能爲京室之婦。言其德行純備，故生聖子也。大姜言周，大任言京，見其謙恭自卑小也。**大姒嗣徽音，則百斯男。**大姒，文王之妃也。大姒十子，衆妾則宜百子也。箋云：徽，美也。嗣大任之美音，謂續行其善教令。

惠于宗公，神罔時怨，神罔時恫。宗公，宗神也。恫，痛也。箋云：惠，順也。宗公，大臣也。文王爲政，咨於大臣，順而行之，故能當於神明。神明無是怨恚。其所行者，無是痛傷。其所爲者，其將無有凶禍。**刑于寡妻，至于兄弟，以御于家邦。**刑，法也。寡妻，適妻也。御，迎也。箋云：寡妻，寡有之妻，言賢也。御，治也。文王以禮法接待其妻，至于宗族。以此又能爲政治于家邦也。《書》曰：「乃寡兄勖。」又曰：「越乃御事。」

雝雝在宫，肅肅在廟。雝雝，和也。肅肅，敬也。箋云：宫，謂辟廱宫也。羣臣助文王，

養老則尚和，助祭於廟則尚敬，言得禮之宜。**不顯亦臨，無射亦保。**以顯臨之，保安無厭也。箋云：臨，視也。保，猶居也。文王之在辟廱也，有賢才之質而不明者，亦得觀於禮；於六藝無射才者，亦得居於位，言養善使之積小致高大。

肆戎疾不殄，烈假不瑕。肆，故今也。戎，大也。故今大疾害人者，不絶之而自絶也。烈，業。假，大也。箋云：厲、假，皆病也。瑕，已也。文王於辟廱，德如此，故大疾害人者，不絶之而自絶；爲厲假之行者，不已之而自已，言化之深也。**不聞亦式，不諫亦入。**言性與天合也。箋云：式，用也。文王之祀於宗廟，有仁義之行而不聞達者，亦用之助祭；有孝弟之行而不能諫争者，亦得入。言其使人器之，不求備也。

肆成人有德，小子有造。造，爲也。箋云：成人，謂大夫士也。小子，其弟子也。文王在於宗廟，德如此，故大夫士皆有德，子弟皆有所造成。**古之人無斁，譽髦斯士。**古之人無猒於有名譽之俊士。箋云：古之人，謂聖王明君也。口無擇言，身無擇行，以身化其臣下，故令此士皆有名譽於天下，成其俊乂之美也。

《思齊》四章，章六句。故言五章，二章章六句，三章章四句。

皇矣

《皇矣》，美周也。天監代殷，莫若周。周世世脩德，莫若文王。監，視也。天視四方，可以代殷王天下者，維有周爾。世世脩行道德，維有文王盛爾。

皇矣上帝，臨下有赫。監觀四方，求民之莫。皇，大。莫，定也。箋云：臨，視也。大矣天之視天下，赫然甚明。以殷紂之暴亂，乃監察天下之衆國，求民之定，謂所歸就也。維此二國，其政不獲。維彼四國，爰究爰度。二國，殷、夏也。彼，彼有道也。四國，四方也。究，謀。度，居也。箋云：二國，謂今殷紂及崇侯也。正，長。獲，得也。四國，謂密也、阮也、徂也、共也。度亦謀也。殷、崇之君，其行暴亂，不得於天心。密、阮、徂、共之君，於是又助之謀。言同於惡也。上帝耆之，憎其式廓。乃眷西顧，此維與宅。耆，惡也。廓，大也。憎其用大位，行大政。顧，顧西土也。宅，居也。箋云：耆，老也。天須假此二國，

養之至老，猶不變改，憎其所用爲惡者浸大也。乃眷然運視西顧，見文王之德而與之居。言天意常在文王所。

作之屏之，其菑其翳。脩之平之，其灌其栵。啟之辟之，其檉其椐。攘之剔之，其檿其柘。木立死曰菑，自斃曰翳。灌，叢生也。栵，栭也。檉，河柳也。椐，樻也。檿，山桑也。箋云：天既顧文王，四方之民則大歸往之。岐周之地險隘，多樹木，乃競刊除而自居處，言樂就有德之甚。帝遷明德，串夷載路。徙就文王之德也。串，習。夷，常。路，大也。箋云：串夷即混夷，西戎國名也。路，應也。天意去殷之惡，就周之德，文王則侵伐混夷以應之。天立厥配，受命既固。配，媲也。箋云：天既顧文王，又爲之生賢妃，謂大姒也。其受命之道已堅固也。

帝省其山，柞棫斯拔，松柏斯兑。兑，易直也。箋云：省，善也。天既顧文王，乃和其國之風雨，使其山樹木茂盛，言非徒養其民人而已。帝作邦作對，自大伯、王季。對，配也。從大伯之見王季也。箋云：作，爲也。天爲邦，謂興周國也。作配，謂爲生

明君也。是乃自大伯、王季時則然矣。大伯讓於王季，而文王起。**維此王季，因心則友。則友其兄，則篤其慶，載錫之光。**因，親也。善兄弟曰友。慶，善。光，大也。箋云：篤，厚。載，始也。王季之心，親親而又善於宗族，又尤善於兄大伯，乃厚明其功美，始使之顯著也。大伯以讓爲功美，王季乃能厚明之，使傳世稱之，亦其德也。**受禄無喪，奄有四方。**喪，亡。奄，大也。箋云：王季以有「因心則友」之德，故世世受福禄，至於覆有天下。

維此王季，帝度其心。貊其德音，其德克明。克明克類，克長克君。心能制義曰度。貊，静也。箋云：德正應和曰貊，照臨四方曰明。類，善也。勤施無私曰類，教誨不倦曰長，賞慶刑威曰君。**王此大邦，克順克比。**慈和徧服曰順，擇善而從曰比。箋云：王，君也。王季稱王，追王也。**比于文王，其德靡悔。**經緯天地曰文。箋云：靡，無也。王季之德，比於文王，無有所悔也。必比于文王者，德以聖人爲匹。**既受帝祉，施于孫子。**箋云：帝，天也。祉，福也。施，猶易也，延也。

帝謂文王，無然畔援，無然歆羡，誕先登于岸。無是畔道，無是援取，無是貪羨。岸，高位也。箋云：畔援，猶跋扈也。誕，大。登，成。岸，訟也。天語文王曰：女無如是跋扈者，妄出兵也。無如是貪羨者，侵人土地也。欲廣大德美者，當先平獄訟、正曲直也。**密人不恭，敢距大邦，侵阮徂共。**國有密須氏，侵阮遂往侵共。箋云：阮也、徂也、共也，三國犯周，而文王伐之。密須之人，乃敢距其義兵，違正道，是不直也。**王赫斯怒，爰整其旅，以按徂旅，以篤于周祜，以對于天下。**旅，師。按，止也。旅，地名也。對，遂也。箋云：赫，怒意。斯，盡也。五百人爲旅。對，荅也。文王赫然與其羣臣盡怒曰：整其軍旅而出，以卻止徂國之兵衆，以厚周當王之福，以荅天下鄉周之望。

依其在京，侵自阮疆。陟我高岡，無矢我陵，我陵我阿。無飲我泉，我泉我池。京，大阜也。矢，陳也。箋云：京，周地名。陟，登也。矢，猶當也。大陵曰阿。文王但發其依居京地之衆，以往侵阮國之疆。登其山脊而望阮之兵，兵無敢當其陵及阿者，又無敢飲食於其泉及池水者。小出兵而令驚怖如此，此以德攻，不以衆也。陵、泉重言者，美之也。每言我者，據後得而有之而言。**度其鮮原，居岐之陽，在渭之將。萬**

邦之方，下民之王。小山别大山曰鮮。將，側也。方，則也。箋云：度，謀。鮮，善也。方，猶鄉也。文王見侵阮而兵不見敵，知己德盛而威行，可以遷居，定天下之心，乃始謀居善原廣平之地，亦在岐山之南，居渭水之側，爲萬國之所鄉，作下民之君。後竟徙都於豐。

帝謂文王，予懷明德，不大聲以色，不長夏以革。不識不知，順帝之則。懷，歸也。不大聲見於色。革，更也。不以長大有所更。箋云：夏，諸夏也。天之言云：我歸人君有光明之德，而不虛廣言語，以外作容貌，不長諸夏以變更王法者。其爲人不識古，不知今，順天之法而行之者。此言天之道尚誠實，貴性自然。帝謂文王，詢爾仇方，同爾兄弟，以爾鉤援。與爾臨衝，以伐崇墉。仇，匹也。鉤，鉤梯也，所以鉤引上城者。臨，臨車也。衝，衝車也。墉，城也。箋云：詢，謀也。怨耦曰仇。仇方，謂旁國。諸侯爲暴亂大惡者，女當謀征討之，以和協女兄弟之國，率與之往。親親則多志齊心壹也。當此之時，崇侯虎倡紂爲無道，罪尤大也。

臨衝閑閑，崇墉言言。執訊連連，攸馘安安。是類是禡，是致

是附，四方以無侮。閑閑，動摇也。言言，高大也。連連，徐也。攸，所也。馘，獲也。不服者，殺而獻其左耳曰馘。於内曰類。於野曰禡。致，致其社稷羣臣。附，附其先祖，爲之立後，尊其尊而親其親。箋云：言言，猶孽孽，將壞貌。訊，言也。執所生得者而言問之，及獻所馘，皆徐徐以禮爲之，不尚促速也。類也、禡也，師祭也。無侮者，文王伐崇，而無復敢侮慢周者。臨衝茀茀，崇墉仡仡。是伐是肆，是絶是忽，四方以無拂。茀茀，彊盛也。仡仡，猶言言也。肆，疾也。忽，滅也。箋云：伐，謂擊刺之。肆，犯突也。《春秋傳》曰：「使勇而無剛者肆之。」拂，猶佹也。言無復佹戾文王者。

《皇矣》八章，章十二句。

靈臺

《靈臺》，民始附也。文王受命，而民樂其有靈德，以及鳥獸昆蟲焉。民者冥也。其見仁道遲，故於是乃附也。天子有靈臺者，所以觀祲象，察氣之妖祥

也。文王受命，而作邑于豐，立靈臺。《春秋傳》曰：「公既視朔，遂登觀臺以望，而書雲物，爲備故也。」

經始靈臺，經之營之。庶民攻之，不日成之。神之精明者稱靈。四方而高曰臺。經，度之也。攻，作也。不日有成也。箋云：文王應天命，度始靈臺之基趾，營表其位。衆民則築作，不設期日而成之。言説文王之德，勸其事，忘己勞也。觀臺而曰靈者，文王化行似神之精明，故以名焉。

經始勿亟，庶民子來。箋云：亟，急也。度始靈臺之基趾，非有急成之意。衆民各以子成父事而來攻之。**王在靈囿，麀鹿攸伏。**囿，所以域養禽獸也。天子百里，諸侯四十里。靈囿，言靈道行於囿也。麀，牝也。箋云：攸，所也。文王親至靈囿，視牝鹿所遊伏之處，言愛物也。

麀鹿濯濯，白鳥翯翯。濯濯，娱遊也。翯翯，肥澤也。箋云：鳥獸肥盛喜樂，言得其所。**王在靈沼，於牣魚躍。**沼，池也。靈沼，言靈道行於沼也。牣，滿也。箋云：靈沼之水，魚盈滿其中，皆跳躍，亦言得其所。

虡業維樅，賁鼓維鏞。於論鼓鍾，於樂辟廱。植者曰虡，横者曰栒。業，大版也。樅，崇牙也。賁，大鼓也。鏞，大鍾也。論，思也。水旋丘如璧曰辟廱，以節觀者。箋云：論之言倫也。虡也、栒也，所以縣鍾鼓也。設大版於上，刻畫以爲飾。文王立靈臺，而知民之歸附。作靈囿、靈沼，而知鳥獸之得其所。以爲音聲之道與政通，故合樂以詳之。於得其倫理乎？鼓與鍾也。於喜樂乎？諸在辟廱中者，言感於中和之至。

於論鼓鍾，於樂辟廱。鼉鼓逢逢，矇瞍奏公。鼉，魚屬。逢逢，和也。有眸子而無見曰矇。無眸子曰瞍。公，事也。箋云：凡聲，使瞽矇爲之。

《靈臺》五章，章四句。

下武

《下武》，繼文也。武王有聖德，復受天命，能昭先人之功焉。

繼文者，繼文王之王業而成之。昭，明也。

下武維周，世有哲王。武，繼也。箋云：下，猶後也。哲，知也。後人能繼先祖者，維有周家最大，世世益有明知之王，謂大王、王季、文王稍就盛也。三后在天，王配于京。三后，大王、王季、文王也。王，武王也。箋云：此三后既没登遐，精氣在天矣。武王又能配行其道於京，謂鎬京也。

王配于京，世德作求。箋云：作，爲。求，終也。武王配行三后之道於鎬京者，以其世世積德，庶爲終成其大功也。永言配命，成王之孚。箋云：永，長。言，我也。命，猶教令也。孚，信也。此爲武王言也。今長我之配行三后之教令者，欲成我周家王道之信也。王德之道成於信，《論語》曰：「民無信不立。」

成王之孚，下土之式。式，法也。箋云：王道尚信，則天下以爲法，勤行之。永言孝思，孝思維則。則其先人也。箋云：長我孝心之所思。所思者，其維則三后之所行。子孫以順祖考爲孝。

媚兹一人，應侯順德。一人，天子也。應，當。侯，維也。箋云：媚，愛。兹，此也。可愛乎武王，能當此順德。謂能成其祖考之功也。《易》曰：「君子以順德積小以高大。」永言孝思，昭哉嗣服。箋云：服，事也。明哉武王之嗣行祖考之事。謂伐紂定天下。

昭兹來許，繩其祖武。許，進。繩，戒。武，迹也。箋云：兹，此。來，勤也。武王能明此勤行，進於善道，戒慎其祖考所履踐之跡，美其終成之。於萬斯年，受天之祜。箋云：祜，福也。天下樂仰武王之德，欲其壽考之言也。

受天之祜，四方來賀。於萬斯年，不遐有佐。遠夷來佐也。箋云：武王受此萬年之壽，不遠有佐。言其輔佐之臣，亦宜蒙其餘福也。《書》曰「公其以子萬億年」，亦君臣同福禄也。

《下武》六章，章四句。

文王有聲

《文王有聲》，繼伐也。武王能廣文王之聲，卒其伐功也。繼伐者，文王伐崇而武王伐紂。

文王有聲，遹駿有聲。遹求厥寧，遹觀厥成。箋云：遹，述。駿，大。求，終。觀，多也。文王有令聞之聲者，乃述行有令聞之聲之道所致也。所述者，謂大王、王季也。又述行終其安民之道，又述行多其成民之德，言周德之世益盛。文王烝哉！烝，君也。箋云：君哉者，言其誠得人君之道。

文王受命，有此武功。既伐于崇，作邑于豐。箋云：武功，謂伐四國及崇之功也。作邑者，徙都于豐，以應天命。文王烝哉！

築城伊淢，作豐伊匹。匪棘其欲，遹追來孝。淢，成溝也。匹，配也。箋云：方十里曰成。淢，其溝也，廣深各八尺。棘，急。來，勤也。文王受命而猶不自足，築豐邑之城，大小適與成偶，大於諸侯，小於天子之制。此非以急成從己之欲，欲廣都邑，乃述追王季勤孝之行，進其業也。王后烝哉！后，君也。箋云：變諡言王后者，非其盛事，不以義諡。

王公伊濯，維豐之垣。四方攸同，王后維翰。濯，大。翰，幹也。箋云：公，事也。文王述行大王、王季之王業，其事益大。作邑于豐，城之既成，又垣之，立宮室，乃爲天下所同心而歸之。王后爲之幹者，正其政教，定其法度。王后烝哉！

豐水東注，維禹之績。四方攸同，皇王維辟。績，業。皇，大也。箋云：績，功。辟，君也。昔堯時洪水，而豐水亦氾濫爲害。禹治之使入渭，東注于河，禹之功也。文王、武王今得作邑於其旁地，爲天下所同心而歸。大王爲之君，乃由禹之功，故引美之。豐邑在豐水之西，鎬京在豐水之東。皇王烝哉！箋云：變王后言大王者，武王之事又益大。

鎬京辟廱，自西自東，自南自北，無思不服。武王作邑於鎬京。箋云：自，由也。武王於鎬京行辟廱之禮，自四方來觀者，皆感化其德，心無不歸服者。皇王烝哉！

考卜維王，宅是鎬京。維龜正之，武王成之。箋云：考，猶稽也。宅，居也。稽疑之法，必契灼龜而卜之。武王卜居是鎬京之地，龜則正之，謂得吉兆，武王遂居之。脩三后之德，以伐紂定天下，成龜兆之占，功莫大於此。武王烝哉！

豐水有芑，武王豈不仕？詒厥孫謀，以燕翼子。芑，草也。仕，事。燕，安。翼，敬也。箋云：詒，猶傳也。孫，順也。豐水猶以其潤澤生草，武王豈不以其功業爲事乎？以之爲事，故傳其所以順天下之謀，以安其敬事之子孫，謂使行之也。《書》曰：「厥考翼，其肯曰：『我有後，弗棄基。』」武王烝哉！上言皇王而變言武王者，皇，大也，始大其業，至武王伐紂成之，故周武王也。

《文王有聲》八章，章五句。

《文王之什》十篇，六十六章，四百一十四句。

毛詩卷第十七

生民之什詁訓傳第二十四　大雅　鄭氏箋

生民

《生民》，尊祖也。后稷生於姜嫄，文、武之功起於后稷，故推以配天焉。

厥初生民，時維姜嫄。生民，本后稷也。姜，姓也。后稷之母配高辛氏帝焉。箋云：厥，其。初，始。時，是也。言周之始祖，其生之者，是姜嫄也。姜姓者，炎帝之後。有女名嫄，當堯之時，爲高辛氏之世妃。本后稷之初生，故謂之生民。生民如何？克禋克祀，以弗無子。禋，敬。弗，去也。去無子，求有子，古者必立郊禖焉。玄鳥至之日，以大牢祠于郊禖，天子親往，后妃率九嬪御。乃禮天子所御，帶以弓韣，授以弓矢，于郊禖之前。箋云：克，能也。弗之言祓也。姜嫄之生后稷如何乎？乃禋祀上帝于郊禖，以祓除其無子之疾而得其福也。能者，言齊肅當神明意也。三(二)王之後，得用天子之禮。履帝武敏歆，攸介攸止。

載震載夙，載生載育，時維后稷。履，踐也。帝，高辛氏之帝也。武，迹。敏，疾也。從於帝而見於天，將事齊敏也。歆，饗。介，大也。止，福禄所止也。震，動。夙，早。育，長也。后稷播百穀以利民。箋云：帝，上帝也。敏，拇也。介，左右也。夙之言肅也。祀郊禖之時，時則有大神之迹，姜嫄履之，足不能滿。履其拇指之處，心體歆歆然。其左右所止住，如有人道感已者也。於是遂有身，而肅戒不復御。後則生子而養長之，名曰棄。舜臣堯而舉之，是爲后稷。

誕彌厥月，先生如達。誕，大。彌，終。達，生也。姜嫄之子先生者也。箋云：達，羊子也。大矣后稷之在其母，終人道十月而生。生如達之生，言易也。不坼不副，無菑無害。言易也。凡人在母，母則病。生則坼副，菑害其母，横逆人道。以赫厥靈，上帝不寧。不康禋祀，居然生子。赫，顯也。不寧，寧也。不康，康也。箋云：康、寧，皆安也。姜嫄以赫然顯著之徵，其有神靈審矣。此乃天帝之氣也，心猶不安之。又不安徒以禋祀而無人道，居默然自生子，懼時人不信也。

誕寘之隘巷，牛羊腓字之。誕，大。寘，置。腓，辟。字，愛也。天生后稷，異之於

人，欲以顯其靈也。帝不順天，是不明也，故承天意而異之于天下。箋云：天異之，故姜嫄置后稷於牛羊之徑，亦所以異之。**誕寘之平林，會伐平林。**牛羊而辟人者，理也。置之平林，又爲人所收取之。**誕寘之寒冰，鳥覆翼之。**大鳥來，一翼覆之，一翼藉之，人而收取之，又其理也，故置之於寒冰。**鳥乃去矣，后稷呱矣。**於是知有天異，往取之矣。后稷呱呱然而泣。

實覃實訏，厥聲載路。

誕實匍匐，克岐克嶷，以就口食。覃，長。訏，大。路，大也。岐，知意也。嶷，識也。箋云：實之言適也。覃，謂始能坐也。訏，謂張口鳴呼也。是時聲音則已大矣。能匍匐，則岐岐然意有所知也。其貌嶷嶷然，有所識別也。以此至于能就衆人口自食，謂六七歲時。**蓺之荏菽，荏菽旆旆，禾役穟穟，麻麥幪幪，瓜瓞唪唪。**荏菽，戎菽也。旆旆然，長也。役，列也。穟穟，苗好美也。幪幪然，茂盛也。唪唪然，多實也。箋云：蓺，樹也。戎菽，大豆也。就口食之時，則有種殖之志，言天性也。

誕后稷之穡，有相之道。相，助也。箋云：大矣，后稷之掌稼穡，有見助之道。

謂若神助之力也。**茀厥豐草，種之黄茂。實方實苞，實種實褎，實發實秀，實堅實好，實穎實栗，即有邰家室。**茀，治也。黄，嘉穀也。茂，美也。方，極畝也。苞，本也。種，雜種也。褎，長也。發，盡發也。不榮而實曰秀。穎，垂穎也。栗，其實栗栗然。邰，姜嫄之國也。堯見天因邰而生后稷，故國后稷於邰，命使事天，以顯神順天命耳。箋云：豐、苞，亦茂也。方，齊等也。種，生不雜也。褎，枝葉長也。發，發管時也。栗，成就也。后稷教民除治茂草，使種黍稷。黍稷生則茂好，熟則大成。以此成功，堯改封於邰，就其成國之家室，無變更也。

誕降嘉種，維秬維秠，維穈維芑。天降嘉種。秬，黑黍也。秠，一稃二米也。穈，赤苗也。芑，白苗也。箋云：天應堯之顯后稷，故爲之下嘉種。**恒之秬秠，是穫是畝。恒之穈芑，是任是負，以歸肇祀。**恒，徧。肇，始也。始歸郊祀也。箋云：任，猶抱也。肇，郊之神位也。后稷以天爲己下此四穀之故，則徧種之，成熟則穫而畝計之，抱負以歸，於郊祀天。得祀天者，二王之後也。

誕我祀如何？或舂或揄，或簸或蹂。釋之叟叟，烝之浮浮。揄，

抒白也。或簸糠者，或蹂黍者。釋，淅米也。叟叟，聲也。浮浮，氣也。箋云：蹂之言潤也。大矣我后稷之祀天如何乎！美而將説其事也。春而抒出之，簸之又潤濕之，將復舂之，趨於鑿也。釋之烝之，以爲酒及簠簋之實。

載謀載惟，取蕭祭脂。取羝以軷，載燔載烈。 嘗之日，涖卜來歲之芟，獮之日，涖卜來歲之戒，社之日，涖卜來歲之稼，所以興來而繼往也。穀孰而謀，陳祭而卜矣。取蕭合黍稷，臭達牆屋。既奠而後爇蕭，合馨香也。羝羊，牡羊也。軷，道祭也。傳火曰燔，貫之加於火曰烈。箋云：惟，思也。烈之言爛也。后稷既爲郊祀之酒及其米，則諏謀其日，思念其禮。至其時，取蕭草與祭牲之脂，爇之於行神之位。馨香既聞，取羝羊之體以祭神。又燔烈其肉，爲尸羞焉。自此而往郊。

以興嗣歲。 興來歲，繼往歲也。箋云：嗣歲，今新歲也。以先歲之物，齊敬祀軷而祀天者，將求新歲之豐年也。孟春之月令曰：「乃擇元日，祈穀于上帝。」

卬盛于豆，于豆于登，其香始升。上帝居歆，胡臭亶時？ 卬，我也。木曰豆，瓦曰登。豆，薦菹醢也。登，大羹也。箋云：胡之言何也。亶，誠也。我后稷盛菹

醢之屬當於豆者，於登者，其馨香始上行，上帝則安而歆享之，何芳臭之誠得其時乎？美之也。祀天用瓦豆，陶器質也。

后稷肇祀，庶無罪悔，以迄于今。 迄，至也。箋云：庶，衆也。后稷肇祀上帝於郊，而天下衆民咸得其所，無有罪過也。子孫蒙其福，以至於今，故推以配天焉。

《生民》八章，四章章十句，四章章八句。

行葦

《行葦》，忠厚也。周家忠厚，仁及草木，故能內睦九族，外尊事黃耇，養老乞言，以成其福祿焉。 九族，自己上至高祖、下至玄孫之親也。黃，黃髮也。耇，凍梨也。乞言，從求善言可以爲政者，敦史受之。

敦彼行葦，牛羊勿踐履。方苞方體，維葉泥泥。 敦，聚貌。行，道也。葉初生泥泥。箋云：苞，茂也。體，成形也。敦敦然道旁之葦，牧牛羊者毋使躐履折傷之。草物方茂盛，以其終將爲人用，故周之先王爲此愛之，況於人乎！

戚戚兄弟，莫遠具爾。或肆之筵，或授之几。戚戚，内相親也。肆，陳也。或陳設筵者，或授几者。箋云：莫，無也。具，猶俱也。爾，謂進之也。王與族人燕，兄弟之親，無遠無近，俱揖而進之。年稚者爲設筵而已。老者加之以几。

肆筵設席，授几有緝御。設席，重席也。緝御，踧踖之容也。箋云：緝，猶續也。御，侍也。兄弟之老者，既爲設重席授几，又有相續代而侍者，謂敦史也。**或獻或酢，洗爵奠斝。**斝，爵也。夏曰醆，殷曰斝，周曰爵。箋云：進酒於客曰獻。客荅之曰酢。主人又洗爵醻客，客受而奠之，不舉也。用殷爵者，尊兄弟也。

醓醢以薦，或燔或炙。嘉殽脾臄，或歌或咢。以肉曰醓醢。臄，函也。歌者，比於琴瑟也。徒擊鼓曰咢。箋云：薦之禮，韭葅則醓醢也。燔用肉，炙用肝，以脾函爲加，故謂之嘉。

敦弓既堅，四鍭既鈞。舍矢既均，敦弓，畫弓也。天子敦弓。鍭，矢參亭。已均中蓺。箋云：舍之言釋也。蓺，質也。周之先王將養老，先與羣臣行射禮，以擇其可與者以爲賓。**序賓以賢。**言賓客次序皆賢。孔子射於矍相之圃，觀者如堵牆。射至於司馬，使子路執弓矢出，延射曰：「奔軍之將，亡國之大夫，與爲人後者不入，其餘皆入。」蓋去者半，入者半。又使公罔之裘、序點揚觶而語。曰：「幼壯孝弟，耆耋好禮，不從流俗，脩身以俟死者，不在此位。」蓋去者半，處者半。序點又揚觶而語曰：「好學不倦，好禮不變，耄勤稱道不亂者，不在此位也。」蓋僅有存焉。箋云：序賓以賢，謂以射中多少爲次第。

敦弓既句，既挾四鍭。天子之弓，合九而成規。箋云：射禮搢三挾一个，言已挾四鍭，則已徧釋之。**四鍭如樹，**言皆中也。**序賓以不侮。**言其皆有賢才也。箋云：不侮者，敬也。其人敬於禮，則射多中。

曾孫維主，酒醴維醹。酌以大斗，以祈黄耇。曾孫，成王也。醹，厚也。大斗，長三尺也。祈，報也。箋云：祈，告也。今我成王承先王之法度，爲主人，亦既序賓矣，有醇厚之酒醴，以大斗酌而嘗之而美，故以告黄耇之人，徵而養之也。飲酒之禮曰：「告於先生君子可也。」

黃耇台背，以引以翼。台背，大老也。引，長。翼，敬也。箋云：台之言鮐也，大老則背有鮐文。既告老人，及其來也，以禮引之，以禮翼之。在前曰引，在旁曰翼。**壽考維祺，以介景福。**祺，吉也。箋云：介，助也。養老人而得吉，所以助大福也。

《行葦》八章，章四句。故言七章，二章章六句，五章章四句。

既醉

《既醉》，大平也。醉酒飽德，人有士君子之行焉。成王祭宗廟，旅醻下徧羣臣，至于無筭爵，故云醉焉。乃見十倫之義，志意充滿，是謂之飽德。

既醉以酒，既飽以德。既者，盡其禮，終其事。箋云：禮，謂旅醻之屬。事，謂惠施先後及歸俎之類。**君子萬年，介爾景福。**箋云：君子，斥成王也。介，助。景，大也。成王，女有萬年之壽，天又助女以大福，謂五福也。

既醉以酒，爾殽既將。將，行也。箋云：爾，女也。殽，謂牲體也。成王之爲羣

臣俎實，以尊卑差次行之。**君子萬年，介爾昭明。**箋云：昭，光也。

昭明有融，高朗令終。融，長。朗，明也。始於饗燕，終於享祀。箋云：有，又。令，善也。天既助女以光明之道，又使之長。有高明之譽，而以善名終，是其長也。**令終有俶，公尸嘉告。**俶，始也。公尸，天子以卿，言諸侯也。箋云：俶，猶厚也。既始有善令，終又厚之。公尸以善言告之，謂嘏辭也。諸侯有功德者，入爲天子卿大夫，故云「公尸」。公，君也。

其告維何？籩豆靜嘉。恒豆之菹，水草之和也。其醢，陸產之物也。加豆，陸產也。其醢，水物也。籩豆之薦，水土之品也。不敢用常褻味，而貴多品。所以交於神明者，言道之徧至也。箋云：公尸所以善言告之，是何故乎？乃用籩豆之物，潔清而美，政平氣和所致故也。**朋友攸攝，攝以威儀。**言相攝佐者以威儀也。箋云：朋友，謂羣臣同志好者也。言成王之臣，皆有仁孝士君子之行，其所以相攝佐威儀之事。

威儀孔時，君子有孝子。箋云：孔，甚也。言成王之臣，威儀甚得其宜，皆君子之人，有孝子之行。**孝子不匱，永錫爾類。**匱，竭。類，善也。箋云：永，長也。孝

子之行，非有竭極之時，長以與女之族類，謂廣之以教道天下也。《春秋傳》曰：「穎考叔，純孝也，施及莊公。」

其類維何？室家之壼。壼，廣也。箋云：壼之言梱也。其與女之族類云何乎？室家先以相梱致，已乃及於天下。君子萬年，永錫祚胤。胤，嗣也。箋云：永，長也。成王，女有萬年之壽，天又長予女福祚，至于子孫。

其胤維何？天被爾禄。禄，福也。箋云：天予女福祚，至于子孫，云何乎？天覆被女以禄位，使禄臨天下。君子萬年，景命有僕。僕，附也。箋云：成王，女既有萬年之壽，天之大命又附著於女，謂使爲政教。

其僕維何？釐爾女士。釐，予也。箋云：天之大命附著於女云何乎？予女以女而有士行者，謂生淑媛，使爲之妃。釐爾女士，從以孫子。箋云：從，隨也。天既予女以女而有士行者，又使生賢知之子孫以隨之，謂傳世也。

《既醉》八章，章四句。

鳧鷖

《鳧鷖》，守成也。大平之君子，能持盈守成，神祇祖考安樂之也。君子，斥成王也。言君子者，大平之時則皆然，非獨成王也。

鳧鷖在涇，公尸來燕來寧。鳧，水鳥也。鷖，鳧屬。大平則萬物衆多。箋云：涇，水名(中)也。水鳥而居水中，猶人爲公尸之在宗廟也，故以喻焉。祭祀既畢，明日又設禮而與尸燕。成王之時，尸來燕也，其心安，不以己實臣之故自嫌。言此者，美成王事尸之禮備。爾酒既清，爾殽既馨，公尸燕飲，福禄來成。馨，香之遠聞也。箋云：爾者，女成王也。女酒殽清美，以與公尸燕樂飲酒之故，祖考以福禄來成女。

鳧鷖在沙，公尸來燕來宜。沙，水旁也。宜，宜其事也。箋云：水鳥以居水中爲常，今出在水旁，喻祭四方百物之尸也。其來燕也，心自以爲宜，亦不以己實臣自嫌也。爾酒既多，爾殽既嘉，言酒品齊多而殽備美。公尸燕飲，福禄來爲。厚爲孝子也。

箋云：爲，猶助也，助成王也。

鳧鷖在渚，公尸來燕來處。渚，沚也。處，止也。箋云：水中之有渚，猶平地之有丘也，喻祭天地之尸也，以配至尊之故，其來燕似若止得其處。爾酒既湑，爾殽伊脯。公尸燕飲，福禄來下。箋云：湑，酒之泲者也。天地之尸尊，事尊不以褻味，泲酒脯而已。

鳧鷖在潨，公尸來燕來宗。潨，水會也。宗，尊也。箋云：潨，水外之高者也，有瘞埋之象，喻祭社稷山川之尸，其來燕也，有尊主人之意。既燕于宗，福禄攸降。公尸燕飲，福禄來崇。崇，重也。箋云：既，盡也。宗，社宗也。羣臣下及民，盡有祭社之禮，而燕飲焉，爲福禄所下也。今王祭社，又以尸燕，福禄之來乃重厚也。天子以下，其社神同，故云然。

鳧鷖在亹，公尸來止熏熏。亹，山絶水也。熏熏，和説也。箋云：亹之言門也。燕七祀之尸於門户之外，故以喻焉。其來也，不敢當王之燕禮，故變言「來止熏熏」，坐不安之意。旨酒欣欣，燔炙芬芬。公尸燕飲，無有後艱。欣欣然，樂也。芬芬，香也。無有後艱，言不敢多祈也。箋云：艱，難也。小神之尸卑，用美酒，有燔炙，可用褻味也。又不能致福禄，但令王自今無有後艱而已。

《鳧鷖》五章，章六句。

假樂

《假樂》，嘉成王也。

假樂君子，顯顯令德。宜民宜人，受禄于天。假，嘉也。宜民宜人，宜安民，宜官人也。箋云：顯，光也。天嘉樂成王，有光光之善德，安民官人，皆得其宜，以受福禄於天。保右命之，自天申之。申，重也。箋云：成王之官人也，羣臣保右而舉之，乃後命用之，又用天意申勑之，如舜之勑伯禹、伯夷之屬。

干禄百福，子孫千億。穆穆皇皇，宜君宜王。宜君王天下也。箋云：干，求也。十萬曰億。天子穆穆，諸侯皇皇。成王行顯顯之令德，求禄得百福，其子孫亦勤行而求之，得禄千億，故或爲諸侯，或爲天子，言皆相勖以道。不愆不忘，率由舊章。箋云：愆，過。

率，循也。成王之令德，不過誤，不遺失，循用舊典之文章，謂周公之禮法。

威儀抑抑，德音秩秩。無怨無惡，率由羣匹。抑抑，美也。秩秩，有常也。箋云：抑抑，密也。秩秩，清也。成王立朝之威儀，致密無所失，教令又清明，天下皆樂仰之，無有怨惡。循用羣臣之賢者，其行能匹耦己之心。受福無疆，四方之綱。之綱之紀，燕及朋友。朋友，羣臣也。箋云：成王能爲天下之綱紀，謂立法度以理治之也。其燕飲常與羣臣，非徒樂族人而已。百辟卿士，媚于天子。不解于位，民之攸塈。塈，息也。箋云：百辟，畿内諸侯也。卿士，卿之有事也。媚，愛也。成王以恩意及羣臣，羣臣故皆愛之，不解於其職位。民之所以休息，由此也。

《假樂》四章，章六句。

公劉

《公劉》，召康公戒成王也。成王將涖政，戒以民事，美公劉

之厚於民，而獻是詩也。公劉者，后稷之曾孫也。夏之始衰，見迫逐，遷於豳，而有居民之道。成王始幼少，周公居攝政，及歸之。成王將涖政，召公與周公相成王爲左右。召公懼成王尚幼稚，不留意於治民之事，故作詩美公劉，以深戒之。

篤公劉，匪居匪康。迺埸迺疆，迺積迺倉。迺裹餱糧，于橐于囊，思輯用光。篤，厚也。公劉居於邰，而遭夏人亂，迫逐公劉。公劉乃辟中國之難，遂平西戎，而遷其民邑於豳焉。迺埸迺疆，言脩其疆埸也。迺積迺倉，言民事時和，國有積倉也。小曰橐，大曰囊。思輯用光，言民相與和睦，以顯於時也。箋云：厚乎公劉之爲君也，不以所居爲居，不以所安爲安。邰國乃有疆埸也，乃有積委及倉也，安安而能遷，積而能散。爲夏人迫逐己之故，不忍鬥其民，乃裹糧食於囊橐之中，棄其餘而去，思在和其民人，用光大其道，爲今子孫之基。弓矢斯張，干戈戚揚，爰方啓行。戚，斧也。揚，鉞也。張其弓矢，秉其干戈戚揚，以方開道路，去之豳，蓋諸侯之從者十有八國焉。箋云：干，盾也。戈，句矛戟也。爰，曰也。公劉之去邰，整其師旅，設其兵器，告其士卒曰：爲女方開道而行。明己之遷，非爲迫逐之故，乃

欲全民也。

篤公劉，于胥斯原，既庶既繁，既順迺宣，而無永嘆。胥，相。宣，徧也。民無長嘆，猶文王之無悔也。箋云：于，於也。廣平曰原。厚乎公劉之於相此原地以居民，民既衆矣，既多矣，既順其事矣，又乃使之時耕。民皆安今之居，而無長嘆，思其舊時也。陟則在巘，復降在原。何以舟之？維玉及瑶，鞞琫容刀。巘，小山，别於大山也。舟，帶也。瑶，言有美德也。下曰鞞，上曰琫，言德有度數也。容刀，言有武事也。箋云：陟，升。降，下也。公劉之相此原地也，由原而升巘，復下在原，言反覆之，重居民也。民亦愛公劉之如是，故進玉瑶、容刀之佩。

篤公劉，逝彼百泉，瞻彼溥原，迺陟南岡，乃覯于京。溥，大。覯，見也。箋云：逝，往。瞻，視。溥，廣也。山脊曰岡，絶高爲之京。厚乎公劉之相此原地也，往之彼百泉之間，視其廣原可居之處，乃升其南山之脊，乃見其可居者於京，謂可營立都邑之處。京師之野，于時處處，于時廬旅，于時言言，于時語語。是京乃大衆所宜居

之也。廬，寄也。直言曰言，論難曰語。箋云：于，於。時，是也。京地乃衆民所宜居之野也，於是處其所當處者，廬舍其賓旅，言其所當言，語其所當語，謂安民館客，施教令也。

篤公劉，于京斯依。蹌蹌濟濟，俾筵俾几。箋云：蹌蹌濟濟，士大夫之威儀也。俾，使也。厚乎公劉之居於此京，依而築宫室。其既成也，與羣臣士大夫飲酒以落之。羣臣則相使爲公劉設几筵，使之升坐。既登乃依，乃造其曹。執豕于牢，酌之用匏。賓已登席坐矣，乃依几矣。曹，羣也。執豕于牢，新國則殺禮也。酌之用匏，儉以質也。箋云：公劉既登堂負扆而立，羣臣乃適其牧羣，搏豕於牢中，以爲飲酒之殽。酌酒以匏爲爵，言忠敬也。食之飲之，君之宗之。爲之君，爲之大宗也。箋云：宗，尊也。公劉雖去邰國來遷，羣臣從而君之尊之，猶在邰也。

篤公劉，既溥既長，既景迺岡，相其陰陽，觀其流泉。既景乃岡，考于日景，參之高岡。箋云：厚乎公劉之居豳也，既廣其地之東西，又長其南北，既以日景定其經界於山之脊，觀相其陰陽寒煖所宜、流泉浸潤所及，皆爲利民富國。其軍三單，度其隰

原，徹田爲糧。三單，相襲也。徹，治也。箋云：邰，后稷上公之封。大國之制三軍，以其餘卒爲羨。今公劉遷於豳，民始從之，丁夫適滿三軍之數。單者，無羨卒也。度其隰與原田之多少，徹之使出税以爲國用。什一而税謂之徹。魯哀公曰：「二，吾猶不足，如之何其徹也？」度其夕陽，豳居允荒。山西曰夕陽。荒，大也。箋云：允，信也。夕陽者，豳之所處也。度其廣輪，豳之所處，信寬大也。

篤公劉，于豳斯館。涉渭爲亂，取厲取鍛。館，舍也。正絶流曰亂。鍛，石也。箋云：鍛石所以爲鍛質也。厚乎公劉，於豳地作此宫室，乃使人渡渭水，爲舟絶流，而南取鍛厲斧斤之石，可以利器用，伐取材木，給築事也。止基迺理，爰衆爰有。夾其皇澗，遡其過澗。皇，澗名也。遡，鄉也。過，澗名也。箋云：爰，曰也。止基，作宫室之功止，而後疆理其田野，校其夫家人數，日益多矣，器物有足矣，皆布居澗水之旁。止旅迺密，芮鞫之即。密，安也。芮，水厓也。鞫，究也。箋云：芮之言内也。水之内曰隩，水之外曰鞫。公劉居豳既安，軍旅之役止，士卒乃安，亦就澗水之内外而居，修田事也。

《公劉》六章，章十句。

洞酌

《洞酌》，召康公戒成王也。言皇天親有德、饗有道也。

洞酌彼行潦，挹彼注兹，可以餴饎。洞，遠也。行潦，流潦也。餴，餾也。饎，酒食也。箋云：流潦，水之薄者也。遠酌取之，投大器之中，又挹之注之於此小器，而可以沃酒食之餴者，以有忠信之德，齊絜之誠，以薦之故也。《春秋傳》曰：「人不易物，惟德緊物。」豈弟君子，民之父母。樂以彊教之，易以説安之。民皆有父之尊，有母之親。

洞酌彼行潦，挹彼注兹，可以濯罍。濯，滌也。罍，祭器。豈弟君子，民之攸歸。

洞酌彼行潦，挹彼注兹，可以濯溉。溉，清也。豈弟君子，民之攸塈。箋云：塈，息也。

《泂酌》三章，章五句。

卷阿

《卷阿》，召康公戒成王也。言求賢用吉士也。吉，猶善也。

有卷者阿，飄風自南。興也。卷，曲也。飄風，迴風也。惡人被德化而消，猶飄風之入曲阿也。箋云：大陵曰阿。有大陵卷然而曲，迴風從長養之方來入之。興者，喻王當屈體以待賢者，賢者則猥來就之，如飄風之入曲阿然。其來也，爲長養民。豈弟君子，來游來歌，以矢其音。矢，陳也。箋云：王能待賢者如是，則樂易之君子來就王游而歌，以陳出其聲音，言其將以樂王也，感王之善心也。

伴奂爾游矣，優游爾休矣。伴奂，廣大有文章也。箋云：伴奂，自縱弛之意也。賢者既來，王以才官秩之，各任其職。女則得伴奂而優游自休息也。孔子曰：「無爲而治者，其舜也與！恭己正南面而已。」言任賢故逸也。豈弟君子，俾爾彌爾性，似先公酋矣。彌，終也。似，嗣也。酋，終也。箋云：俾，使也。樂易之君子來在位，乃使女終女之性命，無困病之憂，嗣先君之功而終成之。

爾土宇昄章，亦孔之厚矣。昄，大也。箋云：土宇，謂居民以土地屋宅也。孔，甚也。女得賢者，與之爲治，使居宅民大得其法則，王恩惠亦甚厚矣。勸之使然。豈弟君子，俾爾彌爾性，百神爾主矣。箋云：使女爲百神主，謂羣臣受饗而佐之。

爾受命長矣，茀禄爾康矣。茀，小也。箋云：茀，福。康，安也。女得賢者，與之承順天地，則受久長之命，福禄又安女。豈弟君子，俾爾彌爾性，純嘏爾常矣。嘏，大也。箋云：純，大也。予福曰嘏。使女大受神之福以爲常。

有馮有翼，有孝有德，以引以翼。有馮有翼，道可馮依，以爲輔翼也。引，長。翼，敬也。箋云：馮，馮几也。翼，助也。有孝，斥成王也。有德，謂羣臣也。王之祭祀，擇賢者以爲尸，尊之。豫撰几，擇佐食。廟中有孝子，有羣臣。尸之入也，使祝贊道之，扶翼之。尸至，設几佐食助之。尸者神象，故事之如祖考。豈弟君子，四方爲則。箋云：則，法也。

王之臣，有是樂易之君子，則天下莫不放效以為法。

顒顒卬卬，如圭如璋，令聞令望。顒顒，温貌。卬卬，盛貌。箋云：令，善也。王有賢臣，與之以禮義相切瑳，體貌則顒顒然敬順，志氣則卬卬然高朗，如玉之圭璋也。人聞之則有善聲譽，人望之則有善威儀，德行相副。豈弟君子，四方為綱。箋云：綱者能張衆目。

鳳皇于飛，翽翽其羽，亦集爰止。鳳，皇，靈鳥，仁瑞也。雄曰鳳，雌曰皇。翽翽，衆多也。箋云：翽翽，羽聲也。亦，亦衆鳥也。爰，于也。鳳皇往飛，翽翽然，亦與衆鳥集於所止。衆鳥慕鳳皇而來，喻賢者所在，羣士皆慕而往仕也。因時鳳皇至，故以喻焉。藹藹王多吉士，維君子使，媚于天子。藹藹，猶濟濟也。箋云：媚，愛也。王之朝多善士藹藹然，君子在上位者率化之，使之親愛天子，奉職盡力。

鳳皇于飛，翽翽其羽，亦傅于天。箋云：傅，猶戾也。藹藹王多吉人，維君子命，媚于庶人。箋云：命，猶使也。善士親愛庶人，謂撫擾之，令不失職。

鳳皇鳴矣，于彼高岡。梧桐生矣，于彼朝陽。梧桐，柔木也。山東曰朝陽。梧桐不生山岡，太平而後生朝陽。箋云：鳳皇鳴于山脊之上者，居高視下，觀可集止，喻賢者待禮乃行，翔而後集。梧桐生者，猶明君出也。生於朝陽者，被溫仁之氣，亦君德也。鳳皇之性，非梧桐不棲，非竹實不食。菶菶萋萋，雝雝喈喈。梧桐盛也，鳳皇鳴也。臣竭其力，則地極其化；天下和洽，則鳳皇樂德。箋云：菶菶萋萋，喻君德盛也。雝雝喈喈，喻民臣和協。

君子之車，既庶且多。君子之馬，既閑且馳。上能錫以車馬，行中節，馳中法也。箋云：庶，衆。閑，習也。今賢者在位，王錫其車衆多矣，其馬又閑習於威儀能馳矣。大夫有乘馬，有貳車。矢詩不多，維以遂歌。不多，多也。明王使公卿獻詩以陳其志，遂為工師之歌焉。箋云：矢，陳也。我陳作此詩，不復多也，欲令遂為樂歌，王日聽之，則不損令之成功也。

《卷阿》十章，六章章五句，四章章六句。

民勞

《民勞》，召穆公刺厲王也。厲王，成王七世孫也。時賦斂重數，繇役煩多，人民勞苦，輕爲姦宄，彊陵弱，衆暴寡，作寇害，故穆公以刺之。

民亦勞止，汔可小康。惠此中國，以綏四方。汔，危也。中國，京師也。四方，諸夏也。箋云：汔，幾也。康、綏，皆安也。惠，愛也。今周民罷勞矣，王幾可以小安之乎？愛京師之人以安天下。京師者，諸夏之根本。無縱詭隨，以謹無良。式遏寇虐，憯不畏明。詭隨，詭人之善、隨人之惡者。以謹無良，慎小以懲大也。憯，曾也。箋云：謹，猶慎也。良，善。式，用。遏，止也。王爲政，無聽於詭人之善不肯行，而隨人之惡者，以此勑慎無善之人，又用此止爲寇虐，曾不畏敬明白之刑罪者，疾時有之。柔遠能邇，以定我王。柔，安也。箋云：能，猶伽也。邇，近也。安遠方之國，順伽其近者，當以此定我國家爲王之功。言我者，同姓親也。

民亦勞止，汔可小休。惠此中國，以爲民逑。休，定也。逑，合也。箋云：

休，止息也。合，聚也。無縱詭隨，以謹惛怓。式遏寇虐，無俾民憂。惛怓，大亂也。箋云：惛怓，猶讙譁也，謂好爭訟者也。俾，使也。無棄爾勞，以爲王休。休，美也。箋云：勞，猶功也。無廢女始時勤政事之功，以爲女王之美。述其始時者，誘掖之也。

民亦勞止，汔可小息。惠此京師，以綏四國。息，止也。無縱詭隨，以謹罔極。式遏寇虐，無俾作慝。慝，惡也。箋云：罔，無。極，中也。無中，所行不得中正。敬慎威儀，以近有德。求近德也。

民亦勞止，汔可小愒。惠此中國，俾民憂泄。愒，息。泄，去也。箋云：泄，猶出也，發也。無縱詭隨，以謹醜厲。式遏寇虐，無俾正敗。醜，衆。厲，危也。箋云：厲，惡也。《春秋左氏》曰：「其父爲厲。」敗，壞也。無使先王之正道壞。戎雖小子，而式弘大。戎，大也。箋云：戎，猶女也。式，用也。弘，猶廣也。今王女雖小子自遇，而女用事於天下甚廣大也。《易》曰：「君子出其言善，則千里之外應之，況其邇者乎？出其言不善，則千里之外違之，況其邇者乎？」是以此戒之。

民亦勞止，汔可小安。惠此中國，國無有殘。賊義曰殘。箋云：王愛此京師之人，則天下邦國之君不爲殘酷。無縱詭隨，以謹繾綣。式遏寇虐，無俾正反。繾綣，反覆也。王欲玉女，是用大諫。箋云：玉者，君子比德焉。王乎！我欲令女如玉然，故作是詩，用大諫正女。此穆公至忠之言。

《民勞》五章，章十句。

板

《板》，凡伯刺厲王也。凡伯，周同姓，周公之胤也。入爲王卿士。

上帝板板，下民卒癉。出話不然，爲猶不遠。板板，反也。上帝，以稱王者也。癉，病也。話，善言也。猶，道也。箋云：猶，謀也。王爲政反先王與天之道，天下之民盡病其出善言而不行之也。此爲謀不能遠圖，不知禍之將至。靡聖管管，不實於亶。管管，無所依也。亶，誠也。箋云：王無聖人之法度，管管然以心自恣，不能用實於誠信之言，言行相違也。猶之未遠，是用大諫。猶，圖也。箋云：王之謀不能圖遠，用是故我大諫王也。

天之方難，無然憲憲。天之方蹶，無然泄泄。憲憲，猶欣欣也。蹶，動也。泄泄，猶沓沓也。箋云：天，斥王也。王方欲艱難天下之民，又方變更先王之道。臣乎，女無憲憲然，無沓沓然，爲之制法度，達其意以成其惡。辭之輯矣，民之洽矣。辭之懌矣，民之莫矣。輯，和。洽，合。懌，説。莫，定也。箋云：辭，辭氣，謂政教也。王者政教和説順於民，則民心合定。此戒語時之大臣。

我雖異事，及爾同寮。我即爾謀，聽我嚻嚻。寮，官也。嚻嚻，猶謷謷也。箋云：及，與。即，就也。我雖與爾職事異者，乃與女同官，俱爲卿士。我就女而謀，欲忠告以善道。女反聽我言，謷謷然不肯受。我言維服，勿以爲笑。先民有言，詢于芻蕘。芻蕘，薪采者。箋云：服，事也。我所言乃今之急事，女無笑之。古之賢者有言，有疑事當與薪采者謀之。匹夫匹婦，或知及之，況於我乎！

天之方虐，無然謔謔。老夫灌灌，小子蹻蹻。謔謔然，喜樂。灌灌，猶款款也。蹻蹻，驕貌。箋云：今王方爲酷虐之政，女無謔謔然以讒慝助之。老夫諫女款款然，自謂也。女反蹻蹻然如小子，不聽我言。匪我言耄，爾用憂謔。多將熇熇，不可救藥。八十曰耄。熇熇然，熾盛也。箋云：將，行也。今我言非老耄有失誤，乃告女用可憂之事，而汝反如戲謔，多行熇熇慘毒之惡，誰能止其禍？

天之方懠，無爲夸毗。威儀卒迷，善人載尸。懠，怒也。夸毗，以體柔人也。箋云：王方行酷虐之威怒，女無夸毗以形體順從之，君臣之威儀盡迷亂。賢人君子則如尸矣，不復言語。時厲王虐而弭謗。民之方殿屎，則莫我敢葵。喪亂蔑資，曾莫惠我師。殿屎，呻吟也。蔑，無。資，財也。箋云：葵，揆也。民方愁苦而呻吟，則忽然有揆度知其然者。其遭喪禍，又素以賦斂空虛，無財貨以共其事。窮困如此，又曾不肯惠施以賙贍衆民，言無恩也。

天之牖民，如壎如篪，如璋如圭，如取如攜。牖，道也。如壎如篪，言相和也。如璋如圭，言相合也。如取如攜，言必從也。箋云：王之道民以禮義，則民和合而從之如此。攜無曰益，牖民孔易，民之多辟，無自立辟。辟，法也。箋云：易，易也。女攜掣民，東與西與，民皆從女所爲，無曰是何益爲。道民在己，甚易也。民之行多爲邪辟者，乃女君臣之過，無自謂所建爲法也。

价人維藩，大師維垣，大邦維屏，大宗維翰。价，善也。藩，屏也。垣，牆也。王者天下之大宗。翰，幹也。箋云：价，甲也。被甲之人，謂卿士掌軍事者。大師，三公也。大邦，成國諸侯也。大宗，王之同姓世適子也。王當用公卿諸侯及宗室之貴者，爲蕃屏垣幹，爲輔弼，無疏遠之。懷德維寧，宗子維城。無俾城壞，無獨斯畏。懷，和也。箋云：斯，離也。和女德，無行酷虐之政，以安女國，以是爲宗子之城，使免於難。遂行酷虐，則禍及宗子，是謂城壞。城壞則乖離，而女獨居而畏矣。宗子，謂王之適子。

敬天之怒，無敢戲豫。敬天之渝，無敢馳驅。戲豫，逸豫也。馳驅，自恣也。箋云：渝，變也。昊天曰明，及爾出王。昊天曰旦，及爾游衍。王，

往。旦，明。游，行。衍，溢也。箋云：及，與也。昊天在上，人仰之皆與之明，常與女出入往來，游溢相從，視女所行善惡，可不慎乎！

《板》八章，章八句。

《生民之什》十篇，六十五章，四百三十三句。